ハヤカワ文庫 SF
〈SF2452〉

宇宙英雄ローダン・シリーズ〈717〉

バリアの破壊者

クルト・マール&H・G・エーヴェルス
岡本朋子訳

早川書房

9075

PERRY RHODAN

BLOCKADEBRECHER

STATION DER RÄTSEL

by

Kurt Mahr

H. G. Ewers

Translated by
Tomoko Okamoto
First published 2024 in Japan by
HAYAKAWA PUBLISHING, INC.
This book is published in Japan by
arrangement with
HEINRICH BAUER VERLAG KG, HAMBURG, GERMANY
through JAPAN UNI AGENCY, INC., TOKYO.

目次

バリアの破壊者

バリアの破壊者

クルト・マール

登場人物

ペリー・ローダン……………………銀河系船団最高指揮官
レジナルド・ブル（ブリー）……《シマロン》指揮官
グッキー………………………………ネズミ＝ビーバー
エイレーネ……………………………ローダンの娘
アンブッシュ・サトー……………超現実学者
ロワ・ダントン………………………ローダンの息子
ロナルド・テケナー………………あばたの男。通称スマイラー
ファング・トロク……………………もとカラポン帝国軍特務部隊指揮官
ダアルショル…………………………カンタロ

1

その物体は、人間が二本の指でつかむのに苦労するほどちいさい、直径〇・八ミリメートルの球体だ。監視カメラを設置しないあき家に移送されることを条件に、手術に同意したダアルショルのからだから摘出されたものだ。合成生物、通称ドロイドの体内にあるその調整セレクターは、人工筋肉の動作シーケンスの一部を制御する。ダアルショルはこのセレクターなしでは、有機脳からの調整信号にたよらざるをえない。調整信号は、人工筋肉が動く前に合成インパルスに変換されなければならないため、マイクロモジュールを除去された半生体、半ロボット種族カンタロは自由にからだを動かせなくなる。よって、たとえ脱出を試みたとしても、マンダレー市民のなかでもっとも足が遅い人にさえ追いつかれてしまうだろう。

ダアルショルが脱出を試みると考えるのはバカげている。逃げ場所などどこにもないのだから。たしかに、カンタロはできるかぎり早く銀河系にもどりたがっていた。命がかかっているからと語っていた。しかし、フェニックスから銀河系への道はいまだ閉ざされている。したがってカンタロは、からだが動こうが動くまいが、一歩も前に進めない状態なのだ。

その球体は非常にちいさかった。アンブッシュ・サトーはマイクロトームでそれをまっぷたつに切りわけた。ふたつの半球はいま、ホログラフィー・オブジェクトプレートの上に置かれている。千倍に拡大された調整セレクターの立体映像が、空中に浮かんでいる。超現実学者は、切断したことで、セレクターに永久的な損傷をあたえたかもしれないという心配はしていなかった。マイクロトームを逆回転させれば、セレクターの切断面の分子層を完璧に再構築することが可能だからだ。

超現実学者は、この奇妙ですぐれた技術の産物を感嘆の眼差しで観察する。とはいえ、調整セレクターがどう機能するかはまだわからない！　とりわけ、完成度の高さ、超高密度に集積された論理素子、球体内部の細部を形成する未知の素材の赤みがかった輝きに感動していた。その内部に、この装置がシントロニクス・ベースで作動していることをしめすマイクロフィールドがあった。それは純粋で、形態的に安定したエネルギーからできていた。この装置を設計した人物は、量子力学的な限界、つまり、これ以上小型化すると誤動作を招くという限界点を正確に知っていたにちがいない。

手で触れても安全なレーザー光線の下で、オブジェクトプレートがゆっくり回転すると、ふたつの球体のホログラムも同じ速度で回転する。サトーはあらゆる角度から半球を観察した。異人の驚くべき技術に魅了されるあまり、周囲のものはまったく目に入らなくなっていた。

突然、サトーの動きがとまる。右側の半球のマイクロフィールドが明滅しはじめたからだ。

「とめろ！」サトーはホログラフィーを制御するサーボに命じた。

画像が静止する。

「右半球、拡大」

右半球の画像がサトーに向かって飛びだしてくる。三千倍に拡大された、微小論理素子と真っ青に光るマイクロフィールドが見える。球状のマイクロフィールドは半球の中心にあり、リング状にならべた四角い部品にかこまれている。超現実学者はこの装置の機能を理解していなかったが、球状のフィールドが調整セレクターの操作プロセスで中心的な役割をはたしていることだけは理解していた。

フィールドが明滅するのは、操作プロセスが起動したからだ！

サトーは混乱しながら周囲を見まわす。どうしてこんなことが起こるのか？　この近くにエネルギー源があり、拡散されたエネルギーにセレクターが反応したのだろうか？

いや、そうではない気がする。ドロイドの筋肉活動を制御する装置は、よけいな反応が起こらないよう、あらかじめ干渉防止措置がとられているはずだ。

ほかに原因があるとすれば、なんなのか？

もし、セレクターがいまなおドロイドの体内にあるとすれば、なにが起きていたのだろうか？　ダアルショルの筋肉は痙攣《けいれん》を起こしたのだろうか？　もしかすると、この装置の役割のひとつは、あるタイミングで自動的に、つまり、意識からの命令なしに、特定の筋肉の反応をひきおこすことなのかもしれない。調整セレクターは、カンタロのからだから除去されたことを認識していないので、義務をはたしつづけている。そう考えるのが妥当か？

　マイクロフィールドの明滅がとまる。ため息をつきながら、サトーは椅子の背もたれにもたれかかった。

「画像を消せ」と、いった。

　きょうは働きすぎたのかもしれない。パルス・コンヴァーターに関する仕事は、高い集中力を要する。もしかするとフィールドの明滅は見まちがいだったのかもしれない。サトーは数時間、休息をとろうと思う。脳を休める必要があった。精神的負担をかけすぎると、幻覚が見えてしまうのだ。

よし、三、四時間寝よう。そう思ったが、寝る前にもう一度カンタロのようすを見にいった。

＊

アンブッシュ・サトーが滞在する家は、ソダー・プリンという男のものだ。男は〝自由商人〟という組織が持つ十一隻の宇宙船のうちの一隻の乗員で、公的な任務につき、数カ月はもどってこない。じつは、サトーはその男に会ったこともなければ、滞在の許可を得てもいなかった。どんなに不便であっても超現実学者は、ソダー・プリンの家では、礼儀正しく、できるかぎり迷惑をかけないようにと気を配っていた。一部屋だけを完全にかたづけ、ポジトロニクスやホログラフィー、さまざまな分析機器をそなえたプライベート・ラボにつくりかえた。もちろん、ソダー・プリンがもどってくる前に、もとの状態にもどすつもりだ。それだけはかたく心に決めていた。

その家は転送機ステーションの近くにあった。ステーションにある転送機が、マンダレーの住宅街とボニン大陸の中央山脈にある宇宙港を結んでいる。マンダレーのほかの家と同じように、この家も広大な庭にかこまれているが、ソダー・プリンはまったく手入れをしていなかった。

マンダレーには街灯がほとんどない。必要ないのだ。夜でも、球状星団Ｍ‐３０の星雲が輝き、昼のように明るい。今夜のような曇り空でも、星明かりの反射で雲が光って日中のように明るかった。

プリンの家の隣りにダアルショルが収容されているちいさな家がある。カンタロは調整セレクターを摘出されて動きにくくなっているため、監視されることもなく、自由な生活が許されている。危険視する必要はもうなかったからだ。

サトーがその夜、ふたたびカンタロを訪れた理由は、おそらく、かれ自身にも説明できなかっただろう。たびたび訪れていたのは、謎につつまれたクロノパルス壁の性質とエネルギー構造についての情報を得るためだった。ダアルショルはこれまで非協力的だった。銀河系に一刻も早くもどりたいといいながら、パルス・コンヴァーターの製造について専門的な意見をもとめると、答えようとしなかった。

天才科学者ジェフリー・アベル・ワリンジャーの遺産であるパルス・コンヴァーターは、銀河系を包囲する難攻不落の壁の突破をめざす自由商人の唯一の希望だった。ワリンジャーがロワ・ダントンに譲渡したそのコンヴァーターは、当初はまだ試作段階にあり、使用できる状態ではなかった。さらなる開発が必要だった。自由商人には優秀な技術者はいるが科学者はいない。そのため、開発に着手することがなかなかできなかった。そこで、一一四三年九月八日、ペリー・ローダンが《シマロン》でフェニックスに到着すると、すぐにサトーにパルス・コンヴァーターの開発をたくしたのだ。

エンザ・マンスールとノックス・カントルのシナジー・ペアと協力し、パルス・コンヴァーターの開発をおこなったサトーは、自他ともに認める成功をおさめた。とはいえ、謙虚な超現実学者は、この場におよんでも、まだ、いつからコンヴァーターが使えるのかと訊かれたら、すくなくともあと五日はかかると答えていた。しかし、内心ではその出来に満足しきっていた。よって、ダアルショルの助けはもう必要なかった。しかし、銀河系に帰還することが最大の目的であるカンタロが、パルス・コンヴァーターの製造をサポートしない理由だけは知っておきたいと思っていた。

じつは、サトーはダアルショルが、クロノパルス壁の仕組みについてなにも知らないのではないかと疑っていた。パルス・コンヴァーターの最終的な開発に協力しなかったのは、それについてなにも知らなかったから。プライドが無知を認めることを妨げたのかもしれない。《バルシーバ》ほどの宇宙船に乗っていれば、かんたんにクロノパルス壁を突破することもできたはずだ。しかし、その船に乗せられた、クロノパルスの壁を無効化する機械は、おそらく自動的に作動するもので、宙航士に専門知識はなかったのだろう。残念ながら《バルシーバ》は砂漠の惑星ゴビでスクラップと化し、《ブルージェイ》のインパルス砲によって破壊されてしまった。その砲撃は徹底していたので、最高レベルの探知機でさえ、破片から船の構造の詳細を導きだすことは不可能だった。

超現実学者は庭の雑木林をとおりぬけ、ほどなくダアルショルがいる家の玄関前に立った。ゲート・サーボが訪問者の接近を感知し、いつものように来客の合図をする。ちいさな家の部屋のひとつに明かりが灯っている。窓からもれでる光は、外の明るさにもかかわらず確認できた。ドアが開くまで一分ほどかかる。短い廊下を進むと、せまいながらもきちんとととのえられた居間にたどりついた。カンタロがすわり心地のいい肘掛け椅子にすわっている。その表情から夜の訪問者を快く思っていないことが見てとれた。「お騒がせして申しわけありません」サトーがていねいに話しはじめる。「招かれざる客と思われても仕方ありません。しかし、パルス・コンヴァーターの開発が完了間近であることをお伝えしなければなりません。一刻も早く銀河系にもどりたいとおっしゃっていましたね。クロノパルス壁の仕組みにくわしいあなたなら、装置を完成させる手伝いをしてくれるかもと思い、ここにまいりました。手伝っていただけるなら、完成を数日早めることができます」

　ダアルショルの顔は険しい。顔のつくりはテラナーに似ている。大きく見開かれた目だけがテラナーとはちがう。古代ローマ人の理想像に一致する鼻と、かたちのととのった唇が特徴的だ。こげ褐色の髪は短く刈りあげられている。ふだんは船内コンビネーションではなく、ゆったりとしたノースリーブのカフタンを着ている。左腕に包帯を巻いていた。

「小男よ、むだ足を踏んでしまったようだな」ダアルショルは答えた。低音の美声で、インターコスモで話す。しかし、その言葉には相手をあざ笑うような辛辣《しんらつ》さがふくまれていた。「ここまでくる時間がもったいなかったな」

そんな皮肉をいわれても、超現実学者はうろたえなかった。これまで何度もダアルショルを訪れ、たのみごとをしては冷たくあしらわれてきたからだ。

「ケガをして大変そうですね」サトーはいった。

「ケガなんてしていない」ダアルショルは不機嫌そうに答えた。

「でも、腕に包帯を巻いています」サトーは包帯を指さしていった。

「これはケガじゃない」カンタロが説明する。「お願いだから、わたしのことはほうっておいてくれ」

超現実学者は軽くお辞儀をすると、背を向けて出口へ向かった。そして、敷居をまたごうとして立ちどまった。

「一刻も早く銀河系にもどりたいとおっしゃっていましたね?」サトーが念を押す。

「そうだ」

「なぜですか?」

「答えたくない」

サトーが笑みを浮かべる。

「本当は、なにも知らないからですか?」

突然、ダアルショルが叫んだ。

「小人め、消えうせろ！　おまえとはもう話したくない」

超現実学者は動じなかった。

「ときに、あなたは非常に知的に見えます。けれども、きょうはそう見えない」サトーはつづける。「パルス・コンヴァーターの開発は、心から銀河系への帰還を望む者たちの唯一の希望の星です。コンヴァーターの完成に協力しなければ、ここに置きざりにされるかもしれないと考えたことはないのですか？」

サトーはそういうと敷居をまたいでドアを閉めた。

＊

その家は赤道北部の海辺にあった。開けはなたれた窓からは波音が聞こえてくる。家のなかでは、ざっくばらんな歓談がくりひろげられている。親しい間柄ではよくあることだが、その会話のなかでは議論のルールなど通用しない。数人が同時に発言することさえあった。

「コヴァルはこれ以上耐えられないと思うわ」エイレーネがいう。「ここの生活になじめないの。ホームシックにかかって家に帰りたがっている」

「これ以上耐えられないって？」レジナルド・ブルがいたずらっぽくたずねた。「両手を羽のようにひろげて、自力でブガクリスに飛んでかえるつもりかい？」

「あなたってときどき意地悪ね」少女がふくれっ面をしていい返す。「もちろん、コヴァルは宇宙船で故郷に連れてかえってもらえる日を待っているの」

「もちろん……」ブルは同じ言葉をくりかえした。

「おまえはコヴァルのことが本当に心配なんだね」ペリー・ローダンが娘を心配する父の声でいった。「ブガクリスへ飛行できるようになれば、いっしょについていきたいのかい？」

エイレーネは父を見た。

「そうよ」即答だった。

「そのつもりなら、話しあいが必要だ」と、父。「もちろん、わたしたちふたりだけで」

「そうしたほうがいいでしょう」ブルが賛同する。「そのあいだに、われわれはジュリアン・ティフラーのアイデアについて考えることにします」

「そうしましょう」ロワ・ダントンも同意する。「その前に、ペリー、あなたがまだ《ブルージェイ》を、《シマロン》の唯一のエスコート船として故郷銀河への遠征に同行させようとしているのかどうか確認しておきたいのですが」

ダントンはエイレーネと同じように父をファーストネームで呼んだ。ローダンがしぶしぶ息子を見る。いまはエイレーネのことで頭がいっぱいのようだ。とはいえ、すこし間をおくと、笑みを浮かべた。

「息子よ、そんなに焦《あせ》ってどうする。パルス・コンヴァーターを完成させて、テストをおこなうのが先だ。故郷銀河への遠征の準備をするのはそれからでも遅くない」

「パルス・コンヴァーターは完成したも同然です」これまでの会話に特段興味をしめさなかったロナルド・テケナーが突然発言した。「数時間前にアンブッシュ・サトーと話しました。いつもどおりの謙虚さで、あと数日でコンヴァーターは完成するだろうといっていました」

「それにしても《ブルージェイ》のいったいどこが問題なのですか？」ジェニファー・ティロンがたずねた。

「〝ドレーク〟という組織のメンバー全員が乗船しているからだよ」その質問を予期していたかのようにダントンが即答した。「ドレークのメンバーはわれわれに対する反乱のあと、名誉を回復したと見なされているが、まだ完全には信用できない」

「レノ・ヤンティルは、明らかにかれしか入手できなかった情報にもとづいて、ダアルショル捕獲作戦をわれわれに提案してきた」ローダンが冷静にいう。「ドレークのメンバーは向こう見ずだが慎重に行動することでも知られている。これ以上いい同伴者はいないと思う」

ダントンが驚いた顔で父を見つめた。父は説明の必要性を感じたようだ。

「もちろん、気をつけるつもりだよ」そういってほほえむ。父の言葉には多少の皮肉がこめられていた。「ドレークの主要メンバーのひとりを《シマロン》に乗船させる」

「人質として?」ブルがたずねた。

ローダンが顔をしかめる。

「人質とは呼びたくはない。連中を牽制するために、そうするだけだ」

「だれを乗せるんですか?」ジェニファーが知りたがる。「レノ・ヤンティルですか?」

「いや、リーダーじゃない」と、ローダン。「それだと目立ちすぎる。いずれにせよ連中は、われわれの演出を見抜くだろう。だが、わたしが予防線を張っているという事実まで知る必要はない。レノの副官、ペドラス・フォッホを乗船させる」

ダントンがうなずく。

「そのほうがいいと思います。レノとその部下たちは非常に優秀な自由商人です。もちろん、野心的すぎるところはありますが……」

ダントンはそこで話をやめた。沈黙が訪れる。だれもなにもいわない。サーボが飲みもののおかわりを持ってきた。遠くから雷鳴が聞こえる。飲みものをひと口飲んだレジナルド・ブルが咳きこんで謝った。

「天気のせいでのどが渇いていて。急いで飲むとこうなるんだ」

そのとき、《ペルセウス》で遠征中のジュリアン・ティフラーのかわりに会合に参加していたストロンカー・キーンが口を開いた。きょうはじめての発言だった。

「話が一段落したところで、ティフラーのアイデアについてすこし話しませんか？」

「そうしよう」ブルも賛成した。

「きみはあのアイデアをいいと思うのか？」ローダンはキーンにたずねた。

「意味はあると思います」と、キーン。「それが《ペルセウス》のシンクタンクからではなく、イホ・トロトからの提案だからです。トロトはブラック・スターロードのネットワークについてもっとも経験があり、ブラックホール・シラグサはネットワーク内のゲートのひとつであると主張しています」

「そこから銀河系へ進入できるというのか？」ローダンが語気を強めてたずねた。

「それはわかりません」と、キーン。「シントロニクスでシミュレーションを何度かおこないました。ブラック・スターロードに関するわれわれの知識は、ハルト人にくらべると、まだかぎられています。システムに充分なデータが蓄積されていません。よって分析結果は確実ではなく、特定のレベルの可能性を示唆《しさ》するにすぎません」

ローダンが質問をつづける。

「ポイント・シラグサのスターロードが銀河系へとつながっている可能性は？」

「三十四パーセントです」

「その程度の可能性にかけるなんて、ありえないわ」エイレーネが叫んだ。

「ポイント・シラグサは、シントロニクスがシミュレーション分析したスターロードのなかではもっとも可能性が高い」ストロンカー・キーンが強調する。「次に可能性が高いスターロードでは、確率が二・八パーセントまで下がります」

「考えられる道は無数にあるというわけか」ローダンはそういうと、歯の隙間からため息をもらした。

「だとしても、考え方はまちがっていません」キーンが強くいった。

「で、どの船をそこへ飛ばすつもりなんだ？」ブルが訊く。「《ペルセウス》だけか？」

「いいえ」キーンが答えた。「すくなくとも一隻、できれば二隻のエスコート船が必要です。どの船とはまだいえませんが」

雷鳴が大きくなり、強風が開いている窓から入ってきた。ダントンが窓を閉めるようサーボに命じる。残念ながら警告は遅すぎた。次の瞬間、熱帯雨林の大粒の雨が極性グラシット製の窓をたたいた。

「この件については、詳細な情報を集めてから、もう一度話しあおう」ローダンがいった。「アイデアとしてはいいと思うが……」

そこで、話はとぎれた。インターカムが鳴ったからだ。ロワ・ダントンが振りかえって、微光をはなちながら宙に浮く通信用サーボに向かっていった。

「だれだ？」
「アンブッシュ・サトーです」サーボは答えた。
「つないでくれ」ダントンがいった。

＊

アンブッシュ・サトーのホログラムがリビングルームのまんなかにあらわれた。その映像は本人と見まちがえるほどリアルだ。しかし、目をこらすと、その男の足の下にある絨毯《じゅうたん》の繊維が盛りあがったままだということがわかる。

ホログラムに重さはない。

「すみません……」そういって、超現実学者は話しはじめた。

「あやまる必要はない、サトー」ペリー・ローダンがいった。「大事な用があるのなら、ここにくればいい。いつでも歓迎だ」

「ありがとうございます。それはわかっていますが、嵐が恐いのです」サトーは正直に答えた。「道中安全とはいえませんから」

そのとき、まるでサトーの言葉を待っていたかのように、輝く星空に稲妻がはしり、雷鳴がとどろいた。サトーの映像がゆがんだのは、その数秒後だった。超現実学者が住む家は、ダントンの家から四百メートルほどはなれていた。

「それで、要件はなんだね、サトー？」ローダンがたずねた。

「捕虜、つまり、ダアルショルのことが心配なんです。きょうも訪ねたのですが、いつものように追い返されました。パルス・コンヴァーターの開発には協力したくないといいはっています。そこで、ふと思ったんです。ダアルショルはまったく非協力的であるにもかかわらず、パルス・コンヴァーターが完成したら、すぐに銀河系に連れていってもらえると思いこんでいます。反抗的な態度をつらぬけば、フェニックスに置きざりにされるとは考えない。なぜでしょうか？」

それは興味深い見解だった。全員が無言で、サトーの質問に対する答えを見つけようとする。しばらくして、ローダンが口を開いた。

「きみはどう思うんだ、サトー？」

「ダアルショルは銀河系に飛行できる日まで待とうとは思っていないようです。なにかをたくらんでいます。われわれにたよる必要がないなにかを」

「自力でどうやって銀河系にもどるつもりなんだ？」

「その答えがわかっているなら」サトーがため息をつく。「もうすこしおちついていられるのですが……。可能性はふたつあるように思えます。ダアルショルは、同胞がフェニックスを攻撃し、救出してくれることを期待しているか、みずから逃亡を計画しているかのどちらかでしょう」

「逃亡？　いったい、どこへ？」レジナルド・ブルが困惑してたずねた。

「われわれの宇宙船を奪おうと考えているのかもしれません」

「それで、どうするんだ？　宇宙船を奪ったところで銀河系にはもどれないぞ。クロノパルス壁の影響で発狂するのがおちだろう」

「ダアルショルはわれわれの宇宙船で壁を突破しようとは考えないでしょう」と、サトー。「仲間の船がときどき通過するポイントへ飛行するだけです。救難信号を出せば、迎えがきてくれるはずです」

　しばらく考えていたロワ・ダントンが口を開いた。

「ひとつめの可能性、つまり、フェニックスが攻撃される可能性は低いように思える。ここ、セレス星系において、われわれがつねに重視してきたのは、外部からの遮蔽《しゃへい》だ。フェニックスは、高度な文明が存在するほかの惑星のように、電磁スペクトルの長波に相当するような電波を放出していない。前哨ステーションとの無線通信をのぞくすべての通信は、ケーブルを介しておこなわれている。つまり、偶然が重なりでもしないかぎり、通常の探知方法で、フェニックスが発見されることはまずない。いっぽう……」

　そこで、サトーがダントンの言葉をさえぎった。

「ダアルショルはハイパー通信で救難信号を送ったかもしれません」

　ダントンがかぶりを振る。

「ありえない。通信ステーションは放射される電磁波のすべてを記録している。カンタロが無線室のひとつに忍びこんだとしても、だれにも気づかれずにメッセージを送ることなど不可能だ」

「じゃあ、ひとつめの可能性はなしだ」レジナルド・ブルが話に割りこんだ。「なら、ふたつめの可能性は？　ダアルショルは宇宙港で船を奪い、逃亡するだろうか？」

「その可能性は低いでしょう」ロナルド・テケナーが答えた。「ダアルショルは調整セレクターを除去されて以降、ほとんど動くことができません。そんなからだで、どうやって逃げられるでしょう？　二十メートルも歩けば、だれかに発見されるのがおちです」

「ダアルショルのことで、これ以上頭を悩ます必要はないと思う」ローダンがいった。「かれの言動は不可思議だが、そもそもメンタリティーがわれわれとはちがう。サトーの懸念は、人間的な視点から見ると論理的に思える。しかし、ダアルショルは人間ではない。もっと重要な問題がほかにあるはずだ」

　サトーはうなずいた。

「おっしゃるとおりです」そういうと通信スイッチを切った。その声の調子からローダンのそっけない態度に腹を立てていることがわかった。

*

しばらくしてアンブッシュ・サトーの怒りはおさまった。これまでの経験で、不愉快なことは早く忘れるほうがいいことを学んでいたからだ。

それでも、ペリー・ローダンの判断はまちがっていたと思う。ダアルショルが気になってしかたがない。そこで、自分の意識の奥底にある原因を探ることにした。

疑念をいだくようになったのは、摘出された調整セレクターが突然、活性化されたような反応をしめしたからだ。疲れて神経過敏になっていたために、幻覚が見えたとも思ったが、その確信がいまはもうない。

セレクターの反応に気づいたあとにダアルショルを訪れた。カンタロは相《あ》いかわらず無愛想で辛辣だった。そして、左腕に包帯を巻いていた。

包帯！

重要なことに気づいたサトーは驚愕のあまり茫然とした。ダアルショルは自分に手術をほどこしたのだ！　自分のからだを切開したのだ。だが、半生体、半ロボットのカンタロのからだは切開すると、人間と同じように出血する。とはいえダアルショルは、自分のからだのシントロニクス部品に関しては第一級のエキスパートだ。すべての部品の機能を熟知している。ゴビで捕らえられたさいに負傷したわけでも、イホ・トロトとの戦いで深刻な打撃を受けたわけでもない。それなのに、なぜ自分のからだを手術しようとしたのか？

夜空に雷鳴がこだまする。サトーはたじろいだ。周囲から賞讃される多くの才能はあっても、雷に対する恐怖には勝てなかった。

サトーにはダアルショルがなにをしたのかがわかった。カンタロは調整セレクターの損失を補う方法を見つけたのだ。体内にはシントロニクス部品がまだ多くのこっている。部品をつなぎ合わせれば、セレクターの機能を補塡《ほてん》することができる。それは実験するまでもなく明らかだ。シントロニクス体内部品について豊富な知識を持っているサトーには、回路をつくる方法がわかった。そのためには、たった一度の切開で充分だった。

では、手術は成功したのか？　サトーはそれを疑わない。ホログラフィーで分析した調整セレクターの反応が突然、特別な意味を持つようになる。ダアルショルがあらたな回路をテストしたことで、信号が発生し、セレクターが反応したのだ。きっと、そうだ！　サトーの家からカンタロがいる家までの距離はたったの百メートル。シントロニクスのモジュールは通常、マイクロ構造体であるため、信号の強度は弱く、その到達範囲もせまい。とはいえ、調整セレクターは非常に敏感な装置だ。微弱なインパルスを受信し、内部ロジックが反応すべきだと判断したにちがいない。

サトーはしりごみする。どうすればいいのだろう？　ペリーとは話したくない。笑われたくもない。ダアルショルは腕の傷についての質問に敏感に反応した。警戒したのだろうか？　計画がばれたと思ったのだろうか？

もしそうなら、時間がない。ダアルショルは身体機能をとりもどすとすぐに計画を実行するだろう。そこでサトーは、その夜二度めの外出をした。大雨が降りはじめていた。熱帯性豪雨のなかを稲妻がはしり、雷鳴が休みなくとどろく。サトーは目の前の課題に集中することで恐怖を乗り越えようとした。武器は持っていなかった。気力だけでは身を守れない状況におちいるとは、このとき想像もしていなかったのだ。ソダー・プリンの庭木のあいだを小走りにとおりぬける。土《ど》砂降《しゃぶ》りの雨が格好のかくれ蓑《みの》になる。おかげで、ダアルショルに気づかれる心配はない。敷地に入る前に、カンタロがいる家を観察する。雨ごしに、明かりの灯った窓が見える。サトーは方向転換すると、窓から見えないよう建物に近づいた。

建物の角から出てようやく、ゲート・サーボが反応し、いつものように来客の合図をした。しかし、家のなかからはなんの返事もない。とはいえ、すぐに入れてもらえるとは、サトーも思っていなかった。ダアルショルはきょう最初の訪問でかなり腹を立てていたからだ。超現実学者をふたたび家に入れたくはないだろう。サーボは家主の許可がなくては、ドアを開けることができない。サトーは家主の友として登録されていないはず。しかたなく玄関からはなれる。明かりのついた窓のなかをのぞこうとする。ふと振りかえると、雨に濡れた草のなかに足跡があった。

足跡は玄関から転送ステーションのある建築群へとつづいている。ダアルショルが家を出たのだ！　サトーはかがみこんで、足跡を調べる。足跡の読み方も、このあたりに生えている草の性質も知らない。けれども、土砂降りの雨のなかで、これほどはっきりと見える足跡は、半時間以上前のものではないように思えた。足跡の間隔は一メートル以上あり、かかとよりもつま先のほうが目立つ。ダアルショルは飛びはねるように走ったにちがいない。そう、サトーの推測は正しかったのだ。ダアルショルは自力でドロイド身体のシントロニクス部品を調整し、運動能力をとりもどしていた。

運動能力だけでなく、筋力も回復していた！　ドロイドはシントロニクス信号で制御される人工筋肉をそなえている。その反応速度は超人的で、筋力は平均的な人間の数倍ある。ダアルショルをここに連れてくるために、ハルト人、イホ・トロトの怪力で押さえこむ必要があったのも当然だった。

サトーはためらいもせずに、即座に足跡を追った。足跡は家の敷地から人通りの多い小道へとつづき、そこで消えている。消えていても、問題はない。カンタロがどこへいったかは、もうわかっているからだ。またもやサトーの仮説は正しかったことが証明された。ダアルショルは転送機を使って宇宙港にいき、宇宙船を奪おうと考えているのだ。

サトーは転送ステーションの仕組みにはくわしくない。何度か転送機を使ったことはあるが、警備されているかどうかまでは知らない。フェニックスのほかの場所と同じように、転送ホールにはだれでも入ることができる。おそらくダアルショルも問題なく宇宙港に転送されるだろう。

　大きな広場にある転送ステーションには、数機のグライダーが駐機していた。入口はひとつではない。サトーはそのうちのひとつを適当に選び、すばやい足どりで向かった。入口まであと数メートルというところで、分厚い雲におおわれた夜空に稲妻がはしった。その直後に雷鳴がとどろく。サトーは急いで建物のなかに入ろうとする。そのとき、雨ごしに、背の高い人物が壁のうしろから出てくるのが見えた。

「こそこそと人を追いまわす小男に捕まってたまるか」その人物は鋭い声でいった。

「じゃまはさせない」

　サトーは即座に身をかわす。しかし、ダアルショルの反応は、薄明るい夜空にはしる稲妻くらいすばやかった。握った凶器から、超現実学者の全身を貫くほどの強烈な一発がはなたれた。

　サトーの意識は遠のいていった。

2

夜が明けるやいなや、アンブッシュ・サトーは発見された。自由商人のひとりが早朝に、転送機を使って宇宙港に向かおうと、遠まわりしてその壁の前をとおりすぎなければ、意識不明の男はあと数時間、そこに横たわったままだっただろう。

この事件はマンダレー市民に衝撃をあたえた。最初に報告を受けたロワ・ダントンは、前夜サトーが口にした懸念を思いだすとすぐに、カンタロが軟禁されている家に向かった。しかし、家にはだれもいない。カンタロの家のコンピュータによると、数時間前から姿が見えないという。この状況をダントンは深刻に受けとめなかった。カンタロのからだはもう自由には動かない。よって、遠くにはいっていないはずだからだ。転送ステーションにいったとしたら、いまごろは宇宙港にいるかもしれないが、すぐにとり押さえられるだろう。ダントンは家にもどると、インターカムを介して二百人規模の捜索隊を手配し、即刻、宇宙港へいってダアルショルを捕まえるよう指示した。

そこで、ダントンはふと考えた。カンタロがサトーの家に侵入し、調整セレクターをとりもどした可能性はないだろうか？　それは恐ろしい想像だった。ダアルショルが以前脱走を試みたとき、捕らえるのにどれほど苦労したかを、まだはっきりとおぼえていたからだ。

　ダントンはふたたび家を出た。サトーの家のゲート・サーボがすぐにドアを開く。超現実学者のラボを調べるのはひと苦労だったが、セレクターが入っている容器にラベルが貼られていたのは幸運だった。ダントンは、そこにセレクターがまだあることを確認し、安堵のため息をつくと、帰途についた。

　カンタロ捜索本部があるその家は、まるで軍事キャンプのようだ。任務がない者はみなここで待機している。庭の木の下には何十名もの自由商人が集まり、家のなかも住民でごった返している。ダントンは人混みを押しわけてなかに入った。

　リビングルームにはペリー・ローダンがいた。《シマロン》の乗員も数人いる。ちょうど首席医師のセッジ・ミドメイズが到着したところだ。意識不明の超現実学者は《シマロン》の船内クリニックで治療を受けていた。

「意識をとりもどすには、しばらく時間がかかりそうです」《シマロン》の首席医師が自信なさげな顔でいった。「どんな武器で撃たれたのかはわかりません。非常に強力なパラライズ・ショックを受けています。ふつうの人なら即死でしょうが、サトーは一命をとりとめました。われわれは回復に向けて尽力するつもりです」

「サトーは発見現場で撃たれたのだろうか？」ローダンがたずねる。「それとも、べつの場所で撃たれて、意識不明の状態でそこに連れてこられたのか？」

「それはわかりません」と、ミドメイズ。

「意識不明におちいった時刻は？」

「十二時ごろです」

「懸念事項があると、サトーが連絡してきたのは十二時前だった」ローダンがみんなに聞こえるような声で、ひとりごとをいう。「そのすこし前には、ダアルショルを訪ねていた……」

「なにか気になることがあるなら」レジナルド・ブルがいう。「いってください」

「カンタロは自由に動けないはずだ。それなのに、どうやってあんな短時間で転送ステーションにたどり着いたのだろう」ローダンが自問する。

「転送ステーションまでの距離は、ほんの数百メートル」ロワ・ダントンがいう。「不自由なからだでも半時間あれば到着できるでしょう。それどころか、サトーはダアルショルに追いつくことができたのです。それこそが、カンタロのからだが正常に機能していない証拠です。事件のあとにサトーの家にいきました。調整セレクターはまだそこにありました」

話もそこそこに、セッジ・ミドメイズは人混みをかきわけて去っていった。できるかぎり早く《シマロン》にもどりたかったからだ。

「サトーはなんのために転送ステーションにいったのでしょう」部屋のうしろにいたロナルド・テケナーが口を開いた。「ダアルショルが脱出しようとしていることを、それほどまでに確信していたのでしょうか？」

「サトーはすでに、それを心配していました」レジナルド・ブルはそういうと、非難の眼差しをローダンに向けた。「サトーの意見を軽くあしらいすぎたのは、よくなかったと思います」

ローダンが肩をすくめた。

「おそらく、わたしが悪かったのだ。しかし、みんなの意見を聞くかぎり、事態はまだそれほど深刻ではないと思う。前回の脱走では、ダアルショルは運動能力をフルに発揮していた。それでも、われわれはカンタロをなんとか捕まえることができた。今回は、そこまで大変なことにはならないはずだ」

ローダンはインターカムの制御盤の前にすわるテケナーに視線をうつすといった。

「グッキーから連絡はあったか？」

テケナーがかぶりを振る。ブルが眉間《みけん》にしわをよせたダントンに向かってあわてて説明した。

「グッキーにダアルショルを捜索させているんだ。カンタロのメンタル信号を探させている」

「まだ探しているのだろう。見つかったなら、連絡があるはずだ」ローダンがいった。

「時間がかかって当然です」ダントンがいった。「カンタロは有機体の意識を完全に遮断し、シントロニクスのみで活動する能力を持っているのですから」

ローダンがうなずく。

「それはわかっている。だが、カンタロの脳のメンタル放射は特徴的だ。ダアルショルが一瞬、有機体の意識を解放するだけで、グッキーなら感知できるはずだ」

ダントンは家に押しよせた自由商人たちに目を向けた。意欲は旺盛だが、なにもすることがないらしい。そこで、なにか起きたらすぐに知らせると告げて、庭でくつろいでいる者もふくめて全員を家に帰した。自由商人たちは文句もいわずに帰っていった。そのなかにはドレークのメンバーも数人ふくまれていた。かれらもまた、いまはなにもできないことを理解していた。

しかし、ロワ・ダントン自身は家に帰る気がしなかった。不安におそわれていた。なにかを見落としたか、し忘れたか、まちがえたような気がする。前夜とこの一時間のあいだに起こった出来ごとを思いかえす。父のように、ダアルショルが危険人物でないという確信がもてない。とはいえ、確信がもてない理由を説明することもできなかった。

サトーが回復してくれたら！　もっと多くのことがわかるはずだった。

*

男が囚《とら》われの身になってから成しとげたもののなかで、もっともよろこばしかったことは、頭の大きなテラの小男を出しぬいたことだ。小男の名前はアンブッシュ・サトー。知能はカンタロとほとんど変わらない。

よって、サトーが男の腕に巻かれた包帯を見て、疑念をいだいたのは当然だった。夜中にやってきた訪問者が厄介な存在だということは最初からわかっていた。しかし、家に入れるほかなかった。自由商人たちは、カンタロのからだが調整セレクターなしでは正常に機能しないことをわかったうえで、行動の自由を許してくれた。とはいえ、男が捕虜であることに変わりはない。面会を拒めば、不審に思われて、ふたたび監視下に置かれるだろう。この大事な時期に、そうした事態は是が非でも避ける必要があった。

サトーは包帯がなにを意味するのかをすぐに察した。男はそうなることを見こんで計画を進めていた。まずは、シントロニクス体の三つの要素を同期させて、調整セレクター摘出後に失った運動能力と腕力をとりもどした。よって、ゲート・サーボがサトーの来訪を告げたときには、手術はほぼ完了していた。サトーが去ったあと、最後の処置をほどこすのに要した時間はわずか数分。事前にテストをおこなっていたので、安心して、体内にパワーがもどるのを待つことができた。傷口がふさがれば、すぐに家を出ることもできた。しかし、あえてそれはしなかった。急ぐ必要がなかったからだ。頭の大きな小男が追いかけてくることはわかっていた。だから、しばらく待つことにした。

手術で使った包帯にはわずかな血痕しかついていなかったが、男はそれをゴミ処理器に投げ入れた。サトーにはすでに計画がばれているとしても、他人にまでそれを見破られるのを避けたかったからだ。

暴風雨の最中に、男は家を出た。悪天候は好都合だ。サトーのためにのこした足跡は、雨が徐々にかき消してくれるだろう。よって、カンタロの行動を正しく予測しているサトーにしか、足跡は発見されないはずだった。

転送ステーションにたどり着くまで、三十秒もかからなかった。もちろん、だれにも見つからなかった。暴風雨の最中にあえて外出しようとする者などいない。転送ステーション周辺の広場には何機ものグライダーが駐機しているが、どれも施錠されていなかった。フェニックスに盗難はないからだ。男は特別な一機を見つけたいというよりは、好奇心にかられて、グライダーをひとつひとつ物色する。とうとう、そのひとつのなかに大口径のパラライザーを見つけて、手にとった。人工筋肉の力で小男を倒すつもりだったが、武器があればむだな労力をはぶけると、考えをあらためた。

男はかくれ場を見つけて、そこでサトーを待った。そのあいだに、シントロニクス体の三つの要素を同期させたのは、最善策ではなかったと後悔した。あのときは、体内の無機的部分を再編成する時間がなかった。いつゲート・サーボが自由商人の来訪を知らせるかもしれなかったからだ。結局、みずからがおこなった手術のせいで致命的なリスクを背負うことになった。百五十時間以内に、からだをもとの状態にもどさなければ、中央エネルギー・タンクが枯渇してしまう。同期した三つの要素を作動させるには、多大な電力が必要だからだ。中央エネルギー・タンクがからになれば、体内のシントロニクス部品は活動を停止し、即座に死にいたる。無機的なシントロニクス臓器と有機的な臓器の活動は連動しているため、それは避けられなかった。

とはいえ、男はいまのところ死ぬ心配はしていない。百五十時間後には、フェニックスから脱出しているはずだからだ。どの宇宙船を奪ったとしても、飛行跡を消すことくらいはできる。よって、追跡を恐れる必要はない。広大なハローに出てから、からだは手術前の状態にもどせばいい。そうすれば、あとは、カンタロの船が偶然とおって助けてくれるのを待つだけだ。仲間の船がよくとおるルートは知っている。遅かれ早かれ救助してもらえるだろう。

男は忍耐力には自信があった。かくれ場でしばらく待つと、頭の大きな小男があらわれた。稲妻に目がくらんだか、驚いたのだろう。なんと、目の前に駆けこんできた。よって、攻撃はかんたんだった。男は長年の経験から、フルチャージされたパラライザーが人間にどう影響するかを知っていた。使った武器は大口径のパラライザー。サトーはテラナーのなかでも細身のほうだ。すくなくとも六十時間は意識不明の状態におちいるにちがいない。もしかすると二度と目ざめないかもしれない。その点は運を天にまかせるしかなかった。

サトーを撃ったあと、男は先へと進んだ。パラライザーは持ち主のグライダーにもどした。危険を避けるため、すぐに有機体の意識を遮断し、シントロニクスのみにしたがって行動する。そのおかげで、これまでかかえていた悩みごとは、中央プロセッサーのメモリに記録された非感情的なデータ要素にすぎなくなった。

＊

十一時に《シマロン》のセッジ・ミドメイズから連絡が入った。ロワ・ダントンの顔が一瞬明るくなったのを見たミドメイズが、かぶりを振る。

「いい知らせではありません」と、先に断りを入れた。「サトーはまだ意識不明ですが、医療技術の使用はひかえなくてはなりません。生命機能を安定させることが、まずは重要だからです。数時間、危険な状態にありましたが、命は助かるでしょう。じつは、あらたな報告があります。サトーを撃った銃の出力がわかりました」

ダントンが耳をそばだてる。

「そのいい方だと、ふつうの武器ではなさそうだな」

「三十メガワットの出力を持つパラライザーです。そんなものはこれまで見たこともありません」ミドメイズがいった。

ダントンも驚いた。

「わたしも、ない！」と、叫んだ。「銃の出力は、ひとりで携帯、操作できる小火器なら五百キロワット、大火器でも二メガワットが上限だ」

医師はうなずいた。

「そうした武器を製造し、販売する者は、パラライザーは非殺傷装置であるべきだという原則にしたがっていません」ミドメイズが残念そうにいった。「ダアルショルはそのパラライザーをかくしもっていたのでしょうか？」

ダントンが答えを探す。そして、かぶりを振るといった。

「ありえない。カンタロが持つ技術には謎が多く、さまざまな点で、われわれよりすぐれていることはたしかだ。とはいえ、大火器をかくしもつなんてことは不可能だ。見つかって当然だろう」

「で、あなたの結論は？」ミドメイズが聞いた。

「おそらく」ダントンが自信なげに答える。「われわれの仲間のひとりが、そうした武器を持っていて、ダアルショルがそれを盗んだにちがいない」

「残念ですが、わたしもそう思います」と、医師。「持ち主を突きとめる必要があるでしょう」

会話のあと、ダントンは捜索願いを作成し、自宅のコンピュータに手つづきをおこなうよう指示した。有線のインターカム・ネットワークで確実に配信されるようにするためだ。捜索の対象になるのは、出力三十メガワットのパライザーを所有する自由商人。心あたりのある者は、ダントンかテケナーに連絡するようにと指示されていた。

「そのほかにすべきことはありますか？」指示の受取確認をしたサーボがていねいにたずねた。

「宇宙港のダアルショル捜索の進捗《しんちょく》状況を知りたい」

「状況報告をします」サーボはすぐに説明を開始した。

スクリーンに複数の映像がうつしだされる。それらはいくつかのフィールドに分類されていた。ひとつめのフィールドは宇宙港にいる捜索隊の配備状況を、ふたつめのフィールドは捜索ずみエリアを、のこりのフィールドは統計的な数値とグラフ・データを表示していた。

最初のふたつのフィールドを確認したダントンは不安を強めた。ダアルショルはまだ発見されていない。転送機の出口周辺の捜索が最初におこなわれた。あれほど運動機能が低下していれば、すでに発見されていてもおかしくはない。もちろん、捜索が開始されたのは、ダアルショルが脱走してから数時間後だ。とはいえ、サトーのデータによると、調整セレクターを除去したドロイドの移動速度は最速でも毎分八から十メートル、行動半径は毎時六百メートル。転送機受け入れステーションの周囲七キロメートル以内の捜索はすでに完了している。ダアルショルが数時間たらずで、そこまで移動できたとは考えられなかった。

なにがまちがっていたのだろう？　計算か？　ダントンは、捜索エリアの複雑な構造を考えて身ぶるいした。宇宙港はボニン大陸の中央山脈の麓《ふもと》にある。宇宙港の設計者は、脱走した捕虜が、いつかそこに逃げこむなんてことは想定していなかったはずだ。ホール、部屋、通廊、スロープ、吹き抜けの天井のすべてが実用性だけを考えてつくられていた。道に迷う人がいないよう、わかりやすい標識がいたるところに設置されている。けれども、全体として非常に複雑な構造であることはたしかだ。短時間、身をかくせる場所は何千とある。もし、ダアルショルが捜索隊の捜索パターンを見抜けば、捜索隊のうしろにまわりこんだり、捜索ずみの場所にもどったりするだろう。そうなれば、捜索は終わりなくつづくことになる。

もちろん、そんなことは避けたかった。最悪の事態を回避するためには、逃亡者の意図を理解する必要がある。ダアルショルは宇宙船を掠奪してフェニックスから脱出しようと考えている。このまま捜索隊とかくれんぼごっこをつづける気はないだろう。攻撃をしかけるときがかならずやってくる。そのときにこそが、捜索隊が戦術を発揮するときだ。巨大格納庫、とくに、その入口付近にある船は厳重に警備しなければならない。フェニックスには、格納庫への入口のすべてを完全にガードできるほど多くの自由商人も、銀河系船団の乗員もいない。宇宙船の乗員と都市の住人を総動員して警備でもしなければ、完全封鎖は不可能だ。もちろんロボットはいる。しかし、フェニックスには自律的知能を持つ戦闘ロボットはいない。必要ないからだ。もし、外部からの敵がこの自由商人の本拠地を発見し、迎撃ミサイルと宇宙要塞の突破に成功したとしても、着陸のためにむだな労力をかけるくらいなら、宇宙から惑星をまるごと破壊するだろう。カンタロなら、きっとそうする。カンタロは、フェニックスの住民が唯一敵と呼ぶ存在だ。ちなみに、フェニックスには戦闘ロボットはいなくても、サーボ・ロボットやメンテナンス・ロボットや輸送ロボットがいる。みな知能の低いロボットだが、見張りとして使えることはたしかだ。武器こそ所有していないが、ダアルショルを発見して、近くの捜索隊に警告を発するくらいはできるだろう。

すぐに、ダントンはロボットに適切な指示を出す準備にとりかかった。時間がかかりそうだ。ロボットの再プログラミングはそうかんたんではない。最速かつ正確に配備計画を作成するためには、何台ものコンピュータが必要だからだ。人の出入りが絶えないリビングルームは、ダントンにとってにぎやかすぎた。そこで、寝室のひとつに引きこもり、コンピュータに助言をもとめた。出された提案をもとに、宇宙港のシントロニクス・ネットワークにアクセスし、指示をあたえる。ダントンはシントロニクスに自主裁量の余地をあたえた。なぜなら、独立した知性をそなえているシントロニクスは、今回のような問題、とくに配備に関わる問題については、人間よりもよく理解していたからだ。

　ダントンが配備計画の準備をほぼ終えたところで、サーボが来客を告げた。ドアが開くと、この数週間、惑星ゴビでのカンタロ捕獲作戦で活躍した男が入ってきた。男の名はペドラス・フォッホ。ずんぐりとした体格の、とくに目立ったところのないテラナーだ。終始無表情で、水色の目には輝きがない。しかし、その外見だけで、かれの人格を判断するのは大きなまちがいだ。フォッホはもっとも勇敢な自由商人の戦士のひとり。〝ドレーク〟という組織のトップであるレノ・ヤンティルの副官でもあった。

　ロワ・ダントンは、フォッホが手をうしろで組んでいることに気づいた。その大男は、挨拶もしなければ、ダントンの問いかけるような眼差しに応えることもない。まるで、ここにきた理由を忘れてしまったかのように、微動だにせず無言で立っている。

「要件はなんだ？」ダントンがようやく口を開いた。

　フォッホは右手を前に出した。その手には、ダントンが見たこともないような大口径のパラライザーが握られていた。

「お探しのものはこれですか？」フォッホがたずねた。

＊

ロワ・ダントンの表情が険しくなる。

「それはきみのか？」と、たずねた。

ペドラス・フォッホがかぶりを振る。

「いいえ、レノのものです」

「では、なぜレノがここにこない？」

「レノは《ブルージュイ》に乗船中で忙しいのです。パルス・コンヴァーターが完成したらすぐに遠征に参加するといっています。いまは、そのスタート準備をしています。あなたがパラライザーの捜索願いを出したことを知って、わたしを使いとしてここによこしました」

それを聞いてダントンの脳はフル回転した。フォッホは銃身を上に、銃把を下に向けてパラライザーを見せた。ダアルショルがアンブッシュ・サトーを撃った武器がこれだとしたら、フォッホはどうやってこれを見つけたのだろうか？　武器は現場に置いていかれたということか？

ダントンは、はやる気持ちをおさえてたずねた。

「これはどこにあったんだ？」

「レノのグライダーのなかです」と、フォッホ。「グライダーで転送ステーションに行ったレノは、それを広場に駐機させました。パラライザーはグライダーのなかに置いていきました。《ブルージェイ》に乗船中は必要ないからです」

「それなら、ここマンダレーでは必要だというのか？」ダントンは語気を強めて訊いた。もう冷静ではいられなかった。両手をこすり合わせたのは、自分の気持ちをおちつかせるためだった。「まあ、いいだろう」そういって話を本題にもどす。「レノが広場に駐機させていたグライダーのなかで、これを見つけたんだな？」

「ほかに、どこがあるっていうんですか？」フォッホはいい返した。

　ダントンはなんとか自制心をとりもどす。

「これはフェニックスにひとつしかない武器なんだ」と、おだやかな口調で説明する。「アンブッシュ・サトーはこのパラライザーで頭を撃たれた。犯人がダアルショルであることはほぼまちがいない」

　フォッホはうなずく。

「それはわかっています」と、答える。「あなたはダアルショルがパラライザーを持っていったと思ったのですか？　そんな必要があるでしょうか？　カンタロは護身と攻撃の手段ならいくらでも持っています」

　ダントンは驚いて男を見た。

「きみはまるでカンタロを賞讃しているようだ」

フォッホは肩をすくめた。

「それは、どういう意味の賞讃でしょうか？　わたしはただ、自由商人のなかにも数人カンタロがいてくれたら、と思うだけです。カンタロが有する技術はわれわれよりもすぐれています。秀でた知性を持ち、戦い方も心得ています。惑星ゴビでダアルショルを捕らえようとしたとき、かれがどう抵抗したかを思いだしてください」

「カンタロは何百年にもわたり、そのすぐれた技術と知性をもちいていくつもの惑星を破壊し、さまざまな種族を絶滅させてきた」ダントンは語気を強めて説明する。「銀河系全体を支配下に置き、侵入不可能な壁でかこんだ。そんな存在を賞讃する意味はない」

「そうかもしれません」フォッホは感情をこめずに答えた。「わたしはパラライザーの報告をしにきただけです。話は以上ですか？」

「そう急ぐな」ダントンはフォッホを引きとめた。「この武器の入手元とフェニックスでの使用目的を知りたい」

「これはレノ・ヤンティルのために特別にカスタマイズされた武器です」フォッホは面倒くさそうに答えた。「特注の武器の製造がおこなわれている、銀河ハローのある惑星で製造されました。レノは試験的にこれをつくらせたのです。レノはあなたがたのように、要塞とミサイル防衛網を突破した敵が、宇宙からのみフェニックスを攻撃し、破壊するとは考えていません。なぜなら、フェニックスには見たり、奪ったりする価値のあるものが多くあるからです。未来の敵はかならずこの惑星に着陸してから攻撃を開始するとレノは考えています。ドレークのメンバーはそうした侵入者と戦う準備をしているのです」

「たったひとつのパラライザーで？」ダントンはあざ笑うようにたずねた。

「注文したのはひとつではありません」フォッホは冷静に答えた。「異星でおこなわれた使用テストの結果に、レノは満足しています。やがて、すべてのドレークのメンバーがＭ２２型スペシャル・パラライザーを携帯するようになるでしょう」

「そんな武器はどこかにしまっておくべきだ」ダントンが批判した。「サトーが死の淵をさまよっているのは、レノがだれでも侵入できるようなグライダーのなかに武器を置きざりにしたからだ」

「それはレノではなく、サトーを撃った者の責任です」フォッホは反論し、はじめて感情的になった。「レノのパラライザーは犯罪の原因ではなく、利用されただけです。悪は、ダアルショルを捕まえることでしか根絶されません」

「ダアルショルはかならず捕まえる」ダントンは答えた。急に疲れを感じた。フォッホと会話するのは骨が折れた。

「自信がとてもおありのようですね」フォッホがいった。勘ちがいだろうか？　ダントンにはそれが皮肉に聞こえた。「カンタロはあなたがたが考えている以上に狡猾《こうかつ》です。捜索隊の裏をかいて、まちがった場所を探させるなんてことは、お手のものです」

「ペドラス、きみはなにかを知っているのか？」ダントンはたずねた。「ダアルショルの計画を熟知しているような口ぶりだが」

「まさか」フォッホは語気を強めた。「ゴビでカンタロと戦ったことがあるだけです」

「なら、もう帰ってくれ」ダントンが吐きすてるようにいった。

フォッホは無言で背を向けると、Ｍ２２型スペシャル・パラライザーを元帥杖のようにかかげて部屋から出ていった。

＊

ロワ・ダントンはひとりで考えこんでいた。宇宙港のシントロニクス・ネットワークがロボットの再プログラミング完了の合図を出すまで、できることはなにもない。ダアルショルの捕獲か、アンブッシュ・サトーの意識回復の報告を待つしかなかった。

ペドラス・フォッホとの会話が、なぜか気になっていた。フォッホは不愉快きわまる同時代人だが、組織にとって必要不可欠な人物であり、第一級の勇者でもある。ハウリ人やカルタン人やそのほかの敵部隊を相手にした多くの戦いで、劣勢になりがちな自由商人たちが、大胆な作戦で難局を好転させられたのは、フォッホが副長をつとめる《ブルージェイ》のおかげだった。《ブルージェイ》の船長はレノ・ヤンティル。乗員は総勢二百名で、五十人のドレークのメンバー全員がそこに属している。とはいえ、決定的な戦術はフォッホが考えだしているとの噂がひろまっていた。この噂については、ヤンティルもフォッホもコメントをひかえていた。外見も気質も異なるふたりは、協力関係を築いているが、じつはそこには三人目の協力者がいる。〝市場の女〟と、呼ばれるマリブ・ヴァロッザだ。ヤンティルとフォッホのドレークの組織内での役割はリーダーと副リーダーだが、マリブの役割についてはまだほとんど知られていない。

ジェフリー・アベル・ワリンジャーが創設し、ダントンが〝自由商人〟と命名したレジスタンス組織は奇妙な集団だ。ダントンはしばしばその名前をつけたことを後悔した。あらたな自由商人は、旧自由商人の組織とはほとんど共通点がない。旧組織は、任務と指揮命令系統が明確に定義された軍事的に組織化された集団だったが、新組織は、銀河系や銀河系外の種族からなる多種族組織。アパソス人からツァリト人、敗走した数人のハウリ人やハンガイ＝カルタン人にいたるまで、局部銀河群の大銀河に存在するほぼすべての種族を網羅していた。多種族の異なるメンタリティーを調和させる試みが失敗に終わることは最初から決まっていたといってもいい。どの種族も自己決定権をもとめつづけた。ほかの種族に命令されたくなかったからだ。その結果、指揮命令系統は個々の宇宙船内にしか存在せず、それさえも、ときには拘束力がないという状態におちいっている。ロワ・ダントンとロナルド・テケナーはいまのところ組織のトップと見なされてはいるが、ドレークの反乱が証明したように、かれらの役割も徐々にあやうくなっていた。

　そうした組織のなかで、小グループや徒党が形成されるのは当然といえば当然だった。各種族が利害関係者を集めたグループを形成し、ときにはげしく争いあった。そんなわけでダントンは、ワリンジャーがかかげた銀河系の再征服という崇高な目標は、この放漫で無規律な集団には達成できないと考えることが多かった。もしかすると、いまこそが、現状を打破するチャンスなのかもしれない。五千人のテラナーとそれ以外の知的生命体を擁する銀河系船団は、旧自由商人の精神を受け継ぐ組織のひとつだ。ペリー・ローダン、アトラン、レジナルド・ブル、ジュリアン・ティフラーのような人物の力を借りれば、自由商人という組織をワリンジャーが望んだような組織に変えることができるかもしれない。

　ダントンがそこまで考えたとき、サーボが来客を告げた。訪問者は父ローダンと妹のエイレーネだ。

「落ちこんでいるようだな」ローダンはせまい寝室に入るといった。

エイレーネはしずかにソファに腰かけた。

「こんな状況なら、落ちこんで当然です」ダントンがため息をつきながらいった。

「そうかな？」

「われわれは、まったく見当ちがいなことをしているのかもしれません」

「ダアルショルの捜索で？」ローダンがたずねる。「それとも組織として？」

「両方です。カンタロはとっくに捕まっていてもおかしくないはずなのに、見つかりません。いっぽう、あらたな自由商人という組織は宇宙で一、二を争うほどおかしな組織になりつつあります。クロノパルス壁を突破し、テラのホールから悪魔を追いはらうことしか考えていないレジスタンス組織といっても過言ではないでしょう」

「まずは、ダアルショルの捜索に集中しよう」ローダンが提案した。「自由商人という組織についての問題は抽象的すぎる。シントロニクスから、ロボットの再プログラミングの話は聞いた。すばらしいアイデアだ。とはいえ、こう考えることもできないだろうか？　もしカンタロが宇宙船を奪うためではなく、まったくべつのなにかを狙っているのだとしたら、捜索はうまくいかないかもしれない」

「まったくべつのなにかとはなんですか？　たとえば？」ダントンは驚いてたずねた。

「パルス・コンヴァーターだ。もしかするとダアルショルは、クロノパルス壁を突破するための唯一の装置を破壊することが、自分の義務だと考えているのかもしれない」

ダントンがうなずく。

「その可能性は否定できません。わたしもそう考えたことがあります。ですから、再プログラミングされたロボットの一部はラボの警備にあたるよう手配しました」

「すばらしい」ローダンが息子をほめた。「わたしがそう考えるようになったのは、たとえ宇宙船を奪ったとしても、ダアルショルはフェニックスから脱出はできないからだ」

ダントンは困惑して父を見た。

「それは、なぜですか？」

「宇宙船は地下格納庫にある。どの船もシャフトをとおってスタートする。シャフトの最上端部にはカムフラージュされたハッチがある。カンタロは拿捕《だほ》した宇宙船からハッチ開放命令を出すことになる。それを消去するようシントロニクスに指示しておけば、船は閉じたままのハッチに衝突するだろう」

ダントンの顔から困惑した表情が消えた。もと自由商人の王はあきれ顔でほほえんだ。

「ペリー、あなたはまだ自由商人を理解していないようですね」息子はいった。「スタート準備が完了した船が出すハッチ開放命令は、だれにも消去できません」

ローダンは驚いた。

「だれにも？」と、くり返した。

「だれにも」

「そんな決まりがあったのか」

「べつのアイデアがほしいのです」ダントンが嘆くようにいう。「自由商人たちのむずかしさについては先ほどお話ししたとおりです」

ローダンはしばらく考えると、べつの提案をした。

「シャフトをエネルギー的に封鎖し、緊急時には爆破できるようにしてはどうだろうか？」

「どのシャフトを？　ダアルショルがどの船を奪うかはわからないのですよ」ダントンが反論する。「すべてのシャフトを封鎖、または爆破できるよう準備すればいいのでしょうが、そのための時間も人員もロボットもたりません」

しばらく、ローダンはなすすべもなく考えこんでいた。息子は次から次へと父にアイデアをぶつけた。しばしの沈黙のあと、エイレーネが口を開いた。

「ひとつアイデアがあるわ」彼女はいった。「ダアルショルは宇宙服は着ていなかったはず。でも、ドロイドであるカンタロは体内のシントロニクス部品を使って、無線やハイパー無線を受信できるにちがいない。そうでしょ？」

「おそらく」ダントンが認める。

「それなら、無線でかれとコンタクトをとればいいわ」

「そのアイデアはすばらしいが、いったいどうやって？」

「もちろん、メッセージを送るのよ」

「どんな内容で？」父と息子は同時にたずねた。

「あなたに自由をあたえます、って伝えるの」エイレーネは目を輝かせた。自分のアイデアに誇りを持っているようだ。「友好関係を築きましょう。パルス・コンヴァーターが完成したら、われわれといっしょに銀河系にもどりましょう、って」

「エイレーネ、きみはこの数日間いったいどこにいたんだい？」ダントンが妹の言葉をさえぎった。「きみのロマンティックなアイデアは、カンタロが拘束されているあいだにすべてためした」

「でも、もう一回やってみてもいいでしょ」エイレーネが不満そうにいった。

　ローダンがほほえむ。

「おまえの平和への願いはすばらしい、エイレーネ」父はいった。「だが、その願いはダアルショルには通用しない。とはいえ、おまえのアイデアには、われわれがためすべきアイデアのヒントになるものがふくまれている。可能性は充分にあると思うが……」

ローダンは話を中断すると、てのひらで額をたたいた。「なぜこんなことに気づかなかったんだ」

「なんですか？」ダントンが訊いた。

ローダンが答える前に、コミュニケーション・サーボから報告が入る。インターカムでメッセージが送られてきた。

行方不明だったリア・ニングが発見された。海岸から数キロメートルはなれた沼地で死んでいたという。

3

リア・ニングは自由商人の特別メンバーで、入ってからまだ一年しかたっていなかった。カルタンの小型船とクロノパルス壁との衝突事故から、正常な精神状態で生還した唯一の女性だ。ほかの乗員が極度の精神錯乱におちいり、いまだに惑星サトラングのサナトリウムに収容されているにもかかわらず、リア・ニングは短期間の治療で出所することができた。彼女が自由商人という組織に入った理由は、百年戦争中に、故郷であるハンガイ銀河がカンタロにより猛攻撃を受けたからだ。あれから六百年以上たったが、当時の犠牲者の子孫たちはいまだに、カンタロに対して強い憎しみをいだいていた。

リア・ニングの故郷はサショイ帝国に属していた。クロノパルス壁に衝突したのは、ＩＱハンターの船だった。あらたな狩場をもとめていた乗員は、当時銀河系について流れていた不気味なニュースにも動じなかった。壁との衝突事故のあと、ただひとり正気をたもっていたリア・ニングは、船を広大な銀河ハローへと移動させた。そして、サトラングの隠者からの警告を受けると、船を惑星サトラングの軌道に乗せた。

リア・ニングは非常に知的で、複数の分野の専門知識を習得していた。ハンガイ＝カルタンの科学技術は、七百年が経過してもなお局部銀河群の一般的な水準に達していないが、頭脳明晰なリア・ニングはあらたな技術をどんどん吸収していった。驚異的なスピードで学習し、知識と聡明さとカンタロに対する強い敵対心を原動力として、自由商人にとって真の戦力となった。

リア・ニングが、技術と知識の習得だけに熱狂する生活からはなれて、ある男性との交際に踏みきったのは最近のこと。交際相手は、カラポン帝国軍の特務部隊指揮官であったファング・トロク。《バジス》の再構築を画策していた部隊の唯一の生きのこりとして、〝瓦礫《がれき》の墓場〟と呼ばれる宙域から捕虜として連れてこられた。そのころはまだ、帝国軍の将校として〝選ばれし民カラポン人以外の種族はすべて敵と見なす〟という厳格なイデオロギーを守っていた。皇帝の命令にしたがい、《バジス》を再構築し、カラポン帝国に持ちこむことがかれの任務だった。仲間とともに、巨大船を掠奪しようとする異人襲撃者たちと必死で戦った。しかし、仲間は全員死に、かれだけが生きのこった。

その後、捕らえた自分をけっして敵のようにあつかわない異人たちと接するうち、ファング・トロクは、みずからの意識を変化させていった。これまで信じてきた教義を疑いはじめ、ある日突然、異なる種族が平和的に共存する姿を想像できるようになる。皇帝に忠誠を誓うことが義務だと考えていたファング・トロクは混乱した。皇帝に忠誠を誓いながら、皇帝の命令は絶対というイデオロギーを疑問視することは矛盾しているのではないかと悩んだ。

そんななか、ファング・トロクはリア・ニングに出会う。かつてのカルタン人の大国から生まれた後継帝国のひとつ、サショイが彼女の出身国だった。サトラングに到着し、自由商人にくわわって以後、ファング・トロクと同じような変容を遂げた経験を持つ。だからこそ彼女はかれの力になることができたのだ。ふたりのカルタン人は意気投合し、すぐに親密な関係になった。

しかし、リア・ニングは死んでしまった。

最初はリア・ニングがひとりで住み、その後ファング・トロクといっしょに住んだ家は、町の北東部の海から二キロメートル内陸に入った公園のような場所にある。その北側は未開のジャングルに接し、そこからさらに北へいくと、内陸の山脈を源流とする優雅なボレア川が流れている。川は海岸近くでちいさな三角州を形成し、リア・ニングはそのなかの沼地のひとつで発見された。死体を発見したのはブルー族のリー＝ミーグ＝ユー。その沼地にしか生えていない宇宙一おいしいキノコを探している最中に、死体を見つけたという。

リー＝ミーグ＝ユーは午後のなかばにグライダーで、二筋の支流にはさまれたちいさな沼地にやってきた。沼地の表面はキノコが非常に生えやすい。好物のキノコをもとめて、背の高い草をかきわけて進んだその先で、死体を見つけたのだ。

ロワ・ダントンが、レジナルド・ブルとセッジ・ミドメイズと《シマロン》の乗員二名を連れて現場に到着したとき、沼地は熱気につつまれていた。リー＝ミーグ＝ユーはもよりのインターカム・ポートから死体発見の通報をおこなったあと、発見現場にもどっていた。乗ってきたグライダーを南側の支流の土手に駐機させ、ダントンのグライダーに場所を知らせるために標識灯を点灯させていた。フェニックスでは誘導ビームは使用されていない。古い規則にのっとり、無線通信は可能なかぎり避けることになっているからだ。

ダントンのグライダーが草むらのまんなかに着陸する。ハッチが開くと、リー＝ミーグ＝ユーが駆けこんできて、わめいた。

「信じられない。まさかリア・ニングが！　こんな死に方をするなんて。よりによって、こんなところで！　わたしが……」

リー＝ミーグ＝ユーは突然、口をつぐんだ。次の言葉を口にしたら、リア・ニングの死よりも自分のキノコを心配していることがばれてしまうと思ったからだ。

リア・ニングはふたつの草むらのあいだに横たわっていた。合革製のグレイのスーツを着ている。前に倒れて、沼地に顔を埋めている。ダントンは駆けよってひざまずき、動かない女性の肩をつかんで仰向けにさせようとした。

「手をはなして！」ミドメイズが叫んだ。自分の専門分野のことになるととたんに横柄になる。「わたしがやります」

　ミドメイズはからだを左右に揺らす独特の歩き方で死体に近づいた。身長はせいぜい百七十五センチメートルで、高くはない。団子鼻が非常に目立つ。黒髪の巻き毛と分厚い唇と大きな口が特徴的だ。一流の学者だが、趣味で勉強している近東の先史と原史にも精通している。だれとでも友になりたがり、強引に友情を築こうとするため、嫌われることも多い。

　ロワ・ダントンはうしろに下がった。かわりに、ミドメイズがひざまずく。死体の頭をそっと持ちあげると、横向きにした。首の右側に生えている毛に血が大量にこびりついている。

　ミドメイズはそれを指さして説明した。

「頸動脈を刺されたか、もしくは切られたのでしょう」

　ふだんは饒舌《じょうぜつ》なのに、専門分野に関しては簡潔に要点をまとめられる。医師は立ちあがると、乗ってきたグライダーに向かって叫んだ。

「ロボット！」

　開いたハッチのひとつからちいさな輸送ロボットがあらわれる。きらめく反重力フィールドで滑るように進むと、ミドメイズの前でとまった。

「ゆっくり持ちあげろ」ミドメイズが指示する。「水平に置け！」

ロボットのからだが展開して、長さ二メートル、幅一メートルの担架《たんか》ができあがった。担架の下にある機体から、柔軟に動く八本のグリッパー・アームが伸び、死体をつかんで持ちあげる。三十秒後、死体は担架の上に横たわっていた。

ミドメイズがふたたび傷口を診察する。

「刺し傷です。直径二センチメートルの円形。まるで……」

そこで、口をつぐむと苦笑した。自分の考えを言葉にしようとするが、恐くて声が出ない。

「セッジ、まるで、どう見えるんだ？」ダントンがたずねた。

ミドメイズの顔は青ざめている。

「何者かが、彼女ののどに指を突っこんだように見えます」と、小声で答えた。

「くだらない」ダントンが吐きすてた。

そのあいだに、レジナルド・ブルと二名の乗員はすこしはなれたところに移動した。なにかを探しているようだ。しばらくして、ブルがもどってきた。

「リア・ニングがここでなにをしていたか知っている者はいないか？」と、たずねた。

リー＝ミーグ＝ユーが口を開く。

「もしかすると、ミュ・イールを探していたのかもしれません」と、悲しげな声でいった。

「ミュ・イールとはなんだ？」と、ブル。

リー＝ミーグ＝ユーが目を見開く。首のつけ根にある口が痙攣しはじめる。これから話す内容を考えて、興奮しているようだ。

「ミュ・イールとはなにか、とお訊きになったのですね？」そう、訊きかえすと、説明をはじめる。「それは太陽の暖かさや海の青さや山頂の雪がなんなのか、と聞いておられることと同じです。楽園がなんなのか、お知りになりたいと……」

「リー、かんたんに説明しろ」ブルが注意した。

「ミュ・イールは宇宙一おいしいキノコであり、食通にとって、それを見つけることは比類なき……」

「長話は聞きたくない！」ミドメイズが怒って叫んだ。

「リア・ニングはここでキノコを探していたんだな」ブルが話をまとめる。「どうしてそう思うんだ？」

リー＝ミーグ＝ユーはバツが悪そうな表情を見せた。

「きのうの夜遅くに彼女と話したからです」躊躇《ちゅうちょ》しつつ答えた。「ご存じのとおり、わたしは彼女の隣人です。キノコについて話したのです。リア・ニングはミュ・イールを自分の舌で味わいたいといいました。だから、キノコがある場所を教えたのです」

「それが、ここなのか？」ブルが訊いた。

「そうです」

「ついてこい！」ブルは一行に向かっていった。

そして、北側の支流の土手から十メートルほどはなれた場所に全員を導くと、草がまとまって折れているところを指さした。

「あそこを見ろ」と、ブルはいった。「目を凝《こ》らすと、地面にくぼみがあるのがわかるだろう。ここは沼地だから、数時間もすればくぼみは完全に消滅する。いまなら、まだなんとか認識できる」

ダントンは草むらに入ると、倒れた草の周囲一メートルをくまなく調べた。《シマロン》の乗員二名は、ダントンひとりなら見落としていたかもしれない細部にまで目を向けた。

「ここにグライダーが停まっていたということか」ダントンが動揺しながらいった。

「そうだ」ブルが同意する。「グライダーはいったいどこに消えたんだ？」

*

一行はロワ・ダントンの家にもどった。そこで待機していたペリー・ローダンは、ダアルショルの捜索の進捗《しんちょく》状況を追いつづけていた。ダントンが父に報告をする。

「セッジ・ミドメイズがリア・ニングの検死をおこなっています。死亡時刻と首の傷が直接の死因かどうかを調べています」

　ローダンが渋い顔をする。

「ミドメイズがまた暴走しています」レジナルド・ブルがいった。

　ローダンはブルの皮肉を無視して、話しはじめる。

「皮膚を指でつらぬき、頸動脈を引き裂くなんてことは、テラナーをはじめとする種族にはできないはずだ」

「でも、ダアルショルならできるかもしれません！」ブルがつけくわえた。

「わたしも、そう思う」

「しかし、ダアルショルはなぜボレア湿地なんかにいたのでしょう？　転送機に乗って宇宙港にいったはずです」ダントンが口をはさんだ。

「宇宙港にいったと断定できるだろうか？」ローダンが反論する。

「ダアルショルは自宅から転送ステーションに直行したのですよ」と、ダントン。「だからサトーは転送ステーションの前で撃たれたのです。なぜ、わざわざ遠まわりする必要があったの……」

　ダントンはそこで口をつぐんだ。考えこんでいるようだ。

「おそらく」ブルはいった。「ダアルショルはたんにわれわれを惑わせたかっただけかもしれない」

「だとしても、どうやってボレア湿地にたどり着けたのかという疑問がのこります」ダントンがつづける。「ダアルショルのかぎられた身体機能では……」

「……それを、わたしも考えている」父親が息子の言葉をさえぎった。

そのとき、サーボがミドメイズから連絡がきたことを告げる。空中にスクリーンがあらわれる。医師は緊張し、すこし動揺しているように見える。

「死因は頸動脈の切断です」ミドメイズは話しはじめた。「死亡時刻は午前一時から二時のあいだ。残念ながら、動脈を切断するために使われた凶器は特定できません。なんらかの鈍器にちがいありませんが、傷のまわりにも傷のなかにも凶器を使用した跡は見られません」

「つまり、指でやったということか」と、ローダン。

ダントンがかぶりを振る。

「ありえない。ダアルショルが自宅を出てから一、二時間以内にボレア湿地にたどり着けたとは考えられない。あのからだで、どうやってそんなにも速く移動できたのか？　なぜそこにいく理由があったのか？」

「そんなこと、わたしに訊かれても困ります」ミドメイズは疲れたようにいった。「それは医師の仕事ではありません。わたしは殺害に使用された凶器を知りたいだけです」

「転倒して、木の切り株で首を切っただけなのかもしれない」ブルがつぶやいた。しかし、医師はすでに通信スイッチを切っていた。

そのとき、ゲート・サーボが反応し、玄関前の映像を見せた。

「見てください」と、ダントンがいった。

そこには、ファング・トロクがいた。床まで伸びるターコイズ・ブルーのロングコートを羽織っている。コートの下に着ている服は見えない。髭《ひげ》にターコイズ・ブルーの粉をつけ、頭の中央にだけのこされた縮れ毛も、ターコイズ・ブルーに染めている。

ダントンがドアを開けると、カラポン人が入ってきた。その大きな目から、複雑な心境が見てとれた。

「ごきげんよう」と、低い声でいった。それはカラポン帝国の現在の公用語であるカルタン語だった。「あなたがたにお願いがあってここにきた。どうか許可してほしい」

「めずらしいコートを着ているな、ファング・トロク」と、ローダンがいう。「どこで手に入れたんだ？　なにか意味があるのか？」

「わたしの母国では、大事な人の死を悼むさいに、この色を身につける、ペリー・ローダン」カラポン人は答えた。「恥ずかしくない姿で、ここにくるために、急いでコートをつくらせた。わたしの人生の光であったリア・ニングの死を心から悼んでいる」

「ところで、要件はなにかな？」ブルが慎重にたずねた。

「だれがリア・ニングを殺したかはわかっている」と、ファング・トロク。「あのカンタロが……」

「犯人はまだ特定できていない！」ダントンが口をはさんだ。

「犯人はあのカンタロだ」ファング・トロクはかたくなにくりかえした。「あなたがたは、カンタロを追っている。頼む、わたしも捜査に参加させてほしい。かならずカンタロを見つけだす。愛と悲しみと憎しみが、わたしを犯人のもとへと導いてくれるはずだ」

しばらく、ロワ・ダントンの家のリビングルームに気まずい沈黙が流れた。男たちはあえて目を合わそうとしない。無言の合図を交わしていると、ファング・トロクに思われたくないからだ。そして、ようやくローダンが口を開いた。

「カンタロの捜索には、特別な注意が必要だ。愛と悲しみと憎しみは、きみの原動力になるかもしれないが、感情におぼれると、危険を見すごす恐れがある」

「わたしは経験豊富な戦士だ」ファング・トロクが語気を強めていう。「危険な状況下で、どう行動すべきかは心得ています」

「ファング・トロク、きみが戦士であることは知っている」ローダンが再確認する。

「しかし、カンタロと戦ったことはまだないはずだ。われわれはリア・ニングの死を悲しんでいる。そんな状況で、きみまで失えというのか？」

「仮にそうだとしても、わたしが死んで、だれが悲しむ？」

「ファング・トロク」ローダンが真剣な表情でいう。「きみはわれわれの友だ」

トロクは困惑した表情を見せる。

「だから、わたしの要求は拒否するというのですか？」

「そうするしかない」と、ローダン。

ファング・トロクは一瞬目を閉じて、また開くといった。

「それはまちがいです。ダアルショルを捕まえられるのは、わたしだけだ。あなたがたは、わたしを拒絶しようとしている。しかし、そんなことはできない。公《おおやけ》の許可があろうとなかろうと、わたしはカンタロを倒します」

そういうと、踵を返して、開いたドアから出ていった。

ファング・トロクが去ると、ブルがいった。

「かれから目をはなさないようにしなくては」

＊

男は急いでいなかった。とはいえ、時間をむだにするわけにはいかない。効率のよい方法で計画を進める必要があった。

飛翔機を一機、奪わなければならない。しかし、それは盗んだことが、すぐにばれてしまうような場所にあってはならない。僻地に野ばなしに置かれ、消えてもしばらくは気づかれないような飛翔機でなくてはならない。

男は北東に向かった。何十年もかけて、この惑星の住民たちが踏みならしてきた道をすばやく、しずかに進んだ。町の外縁部にたどりつくと、その境目に沿って歩く。シントロニクス意識に直結しているセンサーが、いつもどおりの精度で作動し、重要なノイズとそうでないノイズを区別する。そしてついに、有機物の声を検知した。

男は声が聞こえてくる方向にからだを向ける。音声認識にすぐれたセンサーは、ふつうの音量の声なら百メートル先でもひろうことができる。

二軒のちいさな家にはさまれた庭で、会話をしている者が二名いた。光学系が、枝や草などの障害物を除去すると、鮮明な画像が見えるようになる。話をしているのは、ブルー族の男とカルタン人の女だ。

男は会話に耳をかたむける。ふたりが話す言語は聞きなれたものだ。よって、内容のすべてを理解した。

「ミュ・イールという名の極上キノコは、かぎられた地域にしか生えないんだ」ブルー族はいった。「その生育地をきみに教えるなんて、わたしはバカかもしれない。でも、きみは隣人だ。ブルー族が愛する珍味を知ってくれるならうれしい。だから、教えるのさ」

ブルー族はキノコの生育地について長々と説明した。男のシントロニクス意識はそのデータを処理し、細部まで記録する。そのとき、女カルタン人がたずねた。

「キノコを採るのにいちばんいい時期はいつかしら？」

「いまだよ、リア・ニング」ブルー族が力をこめていった。「午前零時から二、三時までがベスト・タイムだ」

「ありがとう、リー＝ミーグ」と、カルタン人はいった。

そして、ふたりはそれぞれの家に帰っていった。すぐに、男のシントロニクス意識がデータをまとめる。リア・ニングが今夜キノコ狩りにいくという保証はないが、可能性は充分にあるという結論が出た。男はカルタン人の家に近づくと、大木の下に大型のグライダーがあることに気づく。グライダーの貨物室のハッチをしずかに開けると、蓋つきのコンテナが見えた。内側からハッチを閉めて、コンテナの奥にからだを押しこめる。本来なら、大男が入れるような大きさではない。しかし、柔軟に動く筋肉と半弾力性のある骨を持つからだは、曲芸師なみに柔らかかった。よって、からだをまるめながら片腕を動かし、内側から蓋を閉じることができた。

男は待つ。感度の高いセンサーが家のなかの物音を感知する。住人はまだ起きている。声が聞こえて、それがカルタン語だとわかる。とはいえ、内容までは理解できない。男と家のなかにいる者とのあいだには、あまりにも多くの障害物があったからだ。

だと思う。貨物室が開けられて、かくれていることがばれたら、すぐに攻撃しなければならない。しかし、それはできることなら避けたかった。ここで攻撃すると、計画を変更しなければならないからだ。

しばらくして、男は危険を察知する。だれかが近づいてくる。おそらくリア・ニング

リア・ニングは操縦室のハッチを開けて、グライダーに乗りこんだ。エンジンがうなりをあげ、グライダーが離陸する。男のセンサーは、グライダーがまず北に、それから東北東に向きを変えたことを認識した。機体がわずかに揺れたあと、エンジンが停止する。リア・ニングは助手席のハッチを開けて外に出ると、ゆっくりと歩きだした。

男はすぐに、コンテナから抜けだして機体の外に出た。リア・ニングが前かがみで歩くのが見える。危険が迫っていることに気づかない。男はもっともかんたんな攻撃方法を選んだ。リア・ニングの背中におおいかぶさると、動脈が通っている首の右側部分に指を突きさした。命中したと感じる。リア・ニングは悲鳴をあげて振りむくと、男に突進した。傷口から血が噴きだす。男はあとずさりした。リア・ニングは死を覚悟する。そして、急激に衰弱していった。

男はグライダーに乗りこみながら、リア・ニングが倒れるのを見た。前方にかたむき、柔らかい沼地に顔をうずめた。グライダーをスタートさせる。目的地は宇宙港だ。いま

のところ、頭の大きな小男をのぞいて、だれも自分が脱走したことを知らない。小男も意識不明におちいった以上、秘密を明かすことはできない。いまなら、脱走したことがばれて追われる前に、宇宙船を奪って逃げることもできる。だが、それはしたくなかった。脱走だけが目的ではないからだ。銀河系にもどるなら、どうしても戦利品を持ってかえりたかった。

嵐はとうに過ぎさっていた。明るい夜だ。グライダーの操縦は得意だった。だから宇宙港には問題なくたどり着けると思っていた。

＊

「きょうは、手短かに話をまとめるのがよさそうだ」ペリー・ローダンがいった。「ダアルショルは昨夜、姿をくらませた。あれからフェニックス時間で十六時間が経過した。当初、ダアルショルは転送機で宇宙港に向かったと考えられていた。そのため、捜索は宇宙港の転送機受け入れステーション付近からはじめられた。カンタロの失踪から捜索開始までの時間は六時間たらず。アンブッシュ・サトーの計算にしたがえば、ダアルショルがそのあいだに移動できた距離はわずか数キロ。それなのに、カンタロはいまだに見つからない」

ローダンが話をやめると、ロナルド・テケナーが口を開いた。

「グライダーを奪うために、リア・ニングを襲ったように思えます。転送機ではなく、グライダーで宇宙港にいきたかったのでしょう。なぜでしょうか？」

「その問いについては、いまのうちに答えをひねり出しておいたほうがいいでしょう」ロワ・ダントンが皮肉交じりにいった。「現在、宇宙港にある十隻の宇宙船のうち二隻は転送機受け入れステーションから一・五キロメートルもはなれていない場所にあります。もし、ダアルショルが転送機で宇宙港に到着したのであれば、捜索がはじまる前にどちらか・方の船を掠奪できたはずです。なぜ、そうしなかったのでしょう？　なぜ、わざわざグライダーを奪って、遠まわりする必要があったのでしょうか？」

「動きにくいからだで、どうやってボレア湿地までいったのでしょう？」テケナーがつづけて質問する。

「動きにくいからだかどうかは、実際にそれを見るまではわからない」ローダンが反論した。「とはいえ、リア・ニングがマンダレーを飛びたつ前に、ダアルショルが彼女のグライダーのどこかにかくれていたことはたしかだろう」

「これまでの経緯を分析すると、ふたつの結論を導きだすことができるでしょう」ダントンがいった。「結論一。ダアルショルは、転送機で逃げたとわれわれに信じこませて、転送機受け入れステーションの近くで捜索が開始されるよう仕向けた。結論二。ダアルショルはフェニックスからの脱出だけを目的にしているわけではない。べつの狙いがある」

「それがパルス・コンヴァーターなのですね！」テケナーが大声でいった。

「サーボ、宇宙港のトポグラフを出してくれ！」ローダンが指示する。

画面があらわれ、宇宙港の概略図がしめされる。

「転送機受け入れステーションとパルス・コンヴァーターがあるラボの位置をマーキングしてくれ」

点滅する赤と緑の光があらわれる。

「赤が転送機受け入れステーション、緑がラボです」と、サーボが説明する。

「見ろ！　転送機受け入れステーションとラボは宇宙港の端と端にある」

「そんなことは最初からわかっています」ダントンが興奮する父の姿に驚いていった。

「そうだが、これまで、そのつながりがわからなかったんだ。いまの捜索ペースだと、捜索隊がラボに移動するのに半日はかかるだろう。つまり、ダアルショルは時間稼ぎをしたかったんだ」

「ダアルショルはどうやってラボの場所を知ったのでしょう？」と、ダントン。

「わからない」と、ローダン。「たぶん、あちこちで目印になるものを見つけたのだろう。フェニックスに連れてこられたダアルショルは、宇宙港をとおって移送された。おそらく、そのときに、ドロイドにそなえられている追跡装置が、パルス・コンヴァーターが実験中に発した散乱シグナルをひろったのだろう。いずれにせよ、ダアルショルはパルス・コンヴァーターの正確な位置は知らないはずだ。知っていたら、即ラボに侵入していただろうから」

「エンザ・マンスールとつながりました」サーボがダントンに告げる。

ふたつめの画面があらわれる。乱れ髪のブロンドのシナジー・ペアのかたわれがうつしだされる。褐色の大きな目は驚きに満ちていた。

「びっくりしました」彼女はいった。「あなたに連絡しようと思っていたところだったので」

「それは、なぜだ？」と、ダントン。

「パルス・コンヴァーターのプロトタイプのテスト中に突然、コンヴァーターが放射線を発しはじめたのです。それは、われわれが当初予測したような集中的なものではなく、超高エネルギーのスペクトル全域を網羅するような放射でした。すぐにテストを中断しました。そうでなければ、いまごろ大爆発していたでしょう」

「エンザ、ロボットは配備しているか？」ローダンが語気を強めてたずねた。

エンザ・マンスールは胸騒ぎをおぼえる。不安が青白い面長《おもなが》の顔にあらわれる。

「すくなくとも二十四体が複合ラボに配備されています」彼女は答えた。

「きみがいるラボにはいま何名いる？」

「わたしとノックスと三人の助手。総勢五名です。でも、いったい……」

「エンザ、よく聞いてくれ！」ローダンの語気がますます強くなる。「きみたち五人はいますぐラボから逃げろ。そこにあるものはすべて置いていけ。パルス・コンヴァーターもだ。コンヴァーターのことは心配しなくていい。捜索隊をラボ周辺に送る。いま重要なのは、きみたち五人がすぐに逃げることだ。わかったか？」

エンザはうなずいた。

「でも、なぜ……」彼女がふたたび質問をはじめようとする。

「ダアルショルがラボの近くにいるはずだ」と、ローダン。

シナジストは息をのんだ。

「ダアルショルが……」彼女の息が荒くなる。

「さっさといけ、エンザ！」ローダンは叫んだ。

そこで映像が消えた。ローダンが立ちあがる。

「ロナルド、マンダレーで指揮をとってくれ。あと、司令部は複合ラボにうつすことにする」

4

ローダン一行がマンダレーの転送ステーションに到着したとき、ロナルド・テケナーが発した命令の最初の効果がすでにあらわれていた。四方八方から、異なる種族の住民が複合ビルの入口に向かって歩き、そのなかに消えていった。テケナーは、五百名の都市住民を宇宙港エリアに配備したのだ。自宅のコンピュータに適切な住民を選ばせ、インターカムで指示をあたえた。

開いたハッチをくぐる前に、ペリー・ローダンが息子の肩を抱いた。

「おまえは最近、自由商人という組織に心底失望していたな」父はいった。「見ろ。自由商人たちが転送ホールに殺到している」

「宇宙船の所有者としてのプライドがそうさせるのでしょう」ロワ・ダントンが自分の立場を擁護するようにいった。「カンタロが奪いたいのは、自分の船かもしれないとだれもが思っているのです」

「かれらは船を所有しているのか？」ローダンが驚いた顔でたずねた。「つまり、自分の所有物として？」

「いいえ」ダントンは答えた。「もちろん、所有はしてはいません」

「そうでないなら……？」

ダントンは、父がなにをいおうとしているのかを理解した。それに対しては反論ができないことも知っていた。ローダンの息子は、かつてかぶっていたフランス王朝風三角帽を自分が脱ぐ姿を想像しながら、自由商人の伝統にしたがって優雅なお辞儀をした。そして、謙虚さと皮肉がいりまじった口調でいった。

「わたしの負けです、ムッシュー」

宇宙港の転送機受け入れステーションは非常に混雑していた。到着したばかりの者たちは戦闘服に着替えて、武器を準備している。しかし、混乱はない。だれもが自分のすべきことに集中していた。ホールの出口付近は、無線搬送車輛でやってきた者たちでごった返している。無線搬送車輛は、宇宙港内の一般的な移動手段だ。主要ルートの下には、誘導無線レールが埋めこまれており、鉄道車輛のような役目をはたしている。誘導無線レールが埋めこまれていないルートはとおれないようになっていた。個々の搬送車輛は、巨大な雨粒を半分に切ったようなかたちをし、たいらな切断面を下にして、地上から半メートル浮いて走行する。標準体形の者なら、空力技術を駆使したキャビン一機につき十二名は乗ることができる。走行ルートは、頑丈なポリマー金属壁にかこまれ、遊歩道と隔てられている。最高時速四百キロメートルで走行する搬送車輛は、機体の周囲に吸引力が働き、無防備な歩行者を巻きこむおそれがあるためだ。

ローダンとダントンは出口のひとつを適当に選んだ。そこに群がっていた者たちは、ふたりに気づくと、道を空けた。ちょうど一機の無線搬送車輛が到着したところだった。ハッチが開く。すぐに搬送車輛は満席になった。ルートはあらかじめプログラムされているため、目的地を指定する必要はない。搬送車輛はスタートすると、数秒後には最高速度に達した。窓からは薄グレイの鉄壁しか見えない。単調な景色はまたたく間にとおりすぎ、すべてがかすんで見えた。

数分後に搬送車輛が停止する。終点は、搬送車輛の進行方向と垂直に交わる、ひろくて明るい通路の端に位置していた。自由商人たちが開いたハッチから飛びだす。熱意だけはほんものだ。通路には、コーディネーター役を引きうけた者たちが待機している。到着した者はみな、右か左のどちらかに誘導され、急いでその場をはなれた。ローダンには誘導する意味がわからなかった。通路沿いには宇宙港の複合ラボがいくつもあり、その通路から直接入れる施設もあれば、わきの通路からしか入れない施設もあるからだ。ローダンは通路に配備されたロボットを見た。種類はさまざまだが、どれも武器は持っていない。

捜索隊の二百名のメンバーはすでに二十五分前に到着し、それぞれの持ち場を探していた。複合ラボ周辺の通路や通廊は活気に満ちている。開けはなたれたドアからは食堂が見え、任務が長引けば食事をとることもできるよう準備されていた。自由商人たちは宇宙港の構造に熟知し、目的意識を持って行動している。いっぽう、ローダンはダントンにたよりっぱなしだ。息子は父の前を歩いて、案内役をつとめていた。

　いくつもの角を曲がり、傾斜路やシャフトの入口の前をとおりすぎて、目的地へと向かう。どの通路にも照明された標識が設置してある。しかし、それらはローダンにとってはなんの役にもたたなかった。ＶＩＩＩ／Ｃ‐１３５といった、たびたびあらわれる謎のアルファベット表記をどう理解すればいいかわからなかったからだ。

「ここです」そういってダントンが左にからだを向ける。すぐに開くと思っていた重厚なドアが閉じたままなので、ぶつかりそうになる。

「なんだ」と、思わず声をあげた。

「どなたですか？」ドアの横にとりつけられたスピーカーから澄んだ声がした。

「ったく、われわれをなんだと……」そこで、ダントンが声を張りあげた。「画像を見ろ、宇宙アカデミー士官候補生！　いますぐ開けないと馘《くび》にするぞ！」

「厳戒態勢をしいていることを、知ってもらいたかっただけです」と、元気な返事がきた。

　ドアが開く。そのラボには、技術設備以外はなにもない。というより、ほとんどからっぽだった。三十代なかばに見える長身の男が、複雑な実験装置が置かれたテーブルの前に立っている。その顔にはいたずらっぽい笑みが浮かんでいる。

「ティフ！」ローダンがうれしそうに叫んだ。「どうやってここにきたんだ？」

＊

「《ペルセウス》で一時間前に到着しました」ジュリアン・ティフラーは元気よく答えた。「あまりにもどたばたしていたので、われわれの着陸報告を見落とされていたのでしょう。着地後すぐに、事件が起こったことを知り、担当者に問いあわせました。事情はすぐにわかりました。しばらくして、全員が複合ラボに集合するようにとの命令がくだり、わたしもすぐに向かいました。そこで、ある人物からパルス・コンヴァーターがあるラボを教えてもらったのです。ラボに到着すると、科学者たちは逃げるところでした。エンザから事情は聞きました。そこで、考えたのです。パルス・コンヴァーターを見捨てるわけにはいかない、と。コーディネーターのひとりにたのんで、このラボに配属してもらいました」

「なんて危険なことを。気をつけてくださいよ」ダントンが冗談交じりに注意した。

「テラナーひとりでスーパー戦士ダアルショルと戦おうとするなんて……」

「ひとりじゃない」ティフラーが反論した。「ラス・ツバイとフェルマー・ロイドもここに向かっている」

「《ソロン》と《カルミナ》は？」ペリー・ローダンが訊いた。

「まだ壁の調査をしています」と、ティフラー。「アンブッシュ・サトーから課せられた測定精度の条件は非常にきびしいのですが、《ペルセウス》が担当したのは測定がもっともかんたんなエリアでした。壁面がひろい範囲にわたり、ほぼたいらだったからです。いっぽう、《ソロン》と《カルミナ》の担当エリアには、くぼみや突起や起伏が多くあります。いま、ひとつだけいえることは、すべての測定が完了すれば、三つのエリアのクロノパルス壁の構造を一キロメートル単位で把握できるようになるということです」

「亜光速飛行の準備だな」ローダンがつけくわえた。

「そうです。クロノパルス壁がハイパー空間においてどのように機能するかは、まだ大きな謎です」

ふたりが話しているあいだ、ロワ・ダントンはラボを見まわす。そして突然、笑いだした。

「なにがおかしい？」ローダンが訊いた。

ダントンはひろい部屋の一角を指さした。

「科学者たちは、貴重な財産が敵の目に触れないよう知恵をしぼったようです」そういって、また笑う。「あそこを見てください」

　正体不明の大きな物体が、グレイの防水シートにくるまれている。

「これがパルス・コンヴァーターなのか？」ティフラーがたずねた。

「そうです。この防水シートを準備したのは、ノックス・カントルにちがいありません。かれほど几帳面《きちょうめん》で慎重な者はほかにいませんから」

　そのとき、近くで物音がした。ローダンが振りかえると、ラス・ツバイとフェルマー・ロイドがいた。しばし、全員で再会をよろこびあった。

「《ペルセウス》の船内は完全防備されています」ツバイがいった。「カンタロがわれわれの船を狙ったとしても、奪うには相当の努力が必要です」

「ダアルショルを見くびるな」ローダンが警告する。「この宇宙港にある船はすべて警備されているが、それでもカンタロならかんたんに侵入できるはずだ」

　ジュリアン・ティフラーは研究室の入口のドアに再度鍵をかけていなかった。そのため、コーディネーターのひとりが入ってきて、複合ラボ内の捜索が本格化していることを報告した。

「なかなか思うように進展しません」と、悲しそうに報告する。「ここにはちいさな部屋や貯蔵庫などが密集しているからです」

　ローダンがなぐさめの言葉をかける。

「できることから、はじめればいい。まずは、このラボの周囲を警備することが重要だ。ダアルショルがパルス・コンヴァーターを狙っているなら、かならずここにやってくる」

コーディネーターが去ったあと、フェルマー・ロイドがローダンを見た。

「半時間前からテレパシーでダアルショルの行方を追っているのですが、なんの手がかりもえられません」

ローダンがうなずく。

「当然だ。ダアルショルは自分の意識をシントロニクス意識に切りかえたからだ。有機脳の活動を停止させている。グッキーも早朝から宇宙港内を飛びまわって、手がかりを見つけようとしているが、うまくいかない」

「たまたま近くにいて、自分の名前を聞いたんだけど」入口から甲高《かんだか》い声が聞こえてきた。

ふたりが振りむくと、そこにはネズミ＝ビーバーのグッキーがいた。疲れきっているように見える。そのまま床にすわりこんだ。

「もうだめだよ」と、愚痴をこぼす。「ぼかあ充電切れさ。すくなくとも百回はジャンプしたよ。カンタロの特徴的なプシ信号を見つけようとして、脳みそを使いはたしちゃった。それなのに、なにも見つからない！　もう、くたくたさ」

「すこし休んだほうがいい」ローダンがなだめる。「テレパシーでは、ダアルショルは見つからない。絶対に無理だ。だが……」

ローダンがそこで話をやめた。ドアが開いたからだ。風変わりな見た目の人物が駆けこんできた。ヒューマノイド種族の自由商人が着ているような軽い戦闘用スーツに身をつつんでいる。スーツの色は鮮やかなターコイズ・ブルー。腰には、標準装備にはない、赤とブルーの縞《しま》模様の太いベルトが巻かれ、大型のインパルス銃と標準型コンビ銃がぶら下がっている。右のわきにはさんでいる、長さ一メートルのルサイト製葉巻形物体が目を引く。

その人物はローダンの前に立つと、カラポンなまりのカルタン語で話しかけた。

「死んだリア・ニングのために、復讐をしにきました。犯人が近くにいることは知っています」

「それは許さん、ファング・トロク」ローダンがいった。「いったいどうやって、ここにもぐりこんだんだ？」

「五百名の自由商人に向けて、カンタロの捜索にくわわるよう要請があったので」カラポン人は答えた。「転送ステーションは住民でごった返していて、だれもわたしに気づきませんでしたよ」

「そのスーツはどこで手に入れたんだ？」

「カルタン人の自由商人が準備してくれました。最近、かれのたのみごとを聞いてあげたのでね。これがそのお返しです。喪服のかわりですよ」

「ところで、それはなんだ？」ローダンは葉巻の形をした物体を指さしながらたずねた。

「サー、これはあなたには関係のないものです」ファング・トロクが語気を強めていった。

＊

「なんだって！」ロワ・ダントンが叫んだ。「だれにも説明できない装置を持って、自由商人の宇宙港を歩きまわるなんて言語道断だ」

ダントンは、《バジス》の再構築現場から帰還した《シマロン》と《モノセロス》が出した瓦礫の墓場セクターの報告書を思いだしていた。偉大なカルタン人種族の一支族であるカラポン人は、ほかの支族よりもすぐれた技術を持っている。たとえば、かれらが使用している対探知システムは自由商人が持っているものより性能が高い。それどころか、瓦礫の墓場セクターを漂う無数のパーツを集めて、《バジス》を再構築する方法まで知っていたのだ。もちろん、かれらの知識は完全ではなく、再構築計画も最終的には、頓挫《とんざ》した可能性が高い。とはいえ、計画に着手できたことだけでも賞賛に値《あた》いする。

「これはわたしの発明品です」ファング・トロクはためらいがちに答えた。「ドロイド

・キラーと名づけました」

「どこで手に入れたんだ？」ダントンが驚いてたずねた。「つまり、あれからまだ半日しかたっていないのに、発明なんてありえ……」

「原理はかんたんですよ」ファング・トロクがダントンの話をさえぎって、つづける。

「わたしは腕のいい職人なので。カラポン帝国軍の兵士はみなそうだ。道具と材料は、すでに話したカルタンの友が調達してくれました」

「ファング・トロク、その原理を説明してくれ」ローダンがいった。

「ドロイドの体内のシントロニクス部分は、無線信号で相互通信をおこなう、何十万のちいさな構成要素からできています。そのうちの特定の要素群が、シントロニクス意識をつかさどっている。そのほかの要素は筋肉を動かすモーターや感知装置や血液循環の制御システムとして働いています。また、ドロイドが無線信号を送受信するためのトランシーバーや、探知機のような働きをする外部センサーなど、身体機能とは関係のない、技術的な補足部品もシントロニクス部分に付属してるのです。わたしの考えでは……」

「ドロイドについて、なぜそんなに知識があるんだ？」ローダンが思わず口をはさんだ。

「一般教養ではないのですか？」ファング・トロクはとまどいながら答えた。「ドロイドの人体構造は学校の必修科目ですから」

ローダンが突然、考えこむ。カラポン人について知れば知るほど、その種族についての謎が深まっていくばかりだ。

「きみの種族については、もっと知る必要がある」ローダンはいった。「話をつづけてくれ」

「わたしの考えでは」ファング・トロクがふたたび話しはじめる。「シントロニクス要素が相互通信のさいに使っている信号は妨害することができる。ドロイド・キラーは、連続したシントロニクス・インパルスをランダムに放出する、ランダム・インパルス発生装置といいかえられます。わたしがこれをつくったのは、ドロイドの体内にあるシントロニクス要素が、そうしたインパルスを、有効なメッセージ、または、正当なコマンドと解釈し、反応すると思ったからです。意味のない信号に反応すれば、誤作動を起こすでしょう。ドロイド・キラーが、わたしの予測どおりに効果を発揮すれば、照射開始から一分以内に、ドロイドは完全に機能不全におちいるはず。照射時間を延ばせば、殺害することも可能です。ドロイドの体内の有機的部分は、シントロニクス部分なしでは存続できないから」

ローダンはうなり声をあげると額に手を当てた。ダントンが心配そうに父を見つめる。

「エイレーネは」と、いってローダンがため息をつく。「カンタロに平和的なメッセージを送ればいいといった。あのとき、わたしは娘の発言からヒントを得て、友好的なメッセージではなく、強力なインパルス照射でダアルショルを破滅させる方法を思いついた。でも、すぐには実行に起こせなかった。事件が起こったからだ。それがリア・ニングの殺人だった」

「ちょっと待ってください」ジュリアン・ティフラーが話に割りこんだ。「話がかんたんすぎませんか。そんなだれにでもつくれるような、シンプルなパルス照射器でドロイドを無力化できるのなら、カンタロはもうとっくにいなくなっているでしょう。ファング・トロク、なにか秘訣はあるのか？」

もとカラポン帝国軍の兵士はバツが悪そうに地面を見た。

「これは万能の武器ではないのですよ」ファング・トロクは答えた。「ドロイド・キラーは短射程です。また、防御バリアにも有効ではありません。よって、ダアルショルを無力化するためには、かれが油断している隙をつかねばなりません。八から十メートル以内の近距離から照射するのです。ダアルショルがラボに侵入しようとしている、まさに、いまのような状況に適しています。大規模な作戦には向きません」

「すばらしい」ローダンはファング・トロクを賞讃した。「きみの知識と能力を過小評価していた」

「では、カンタロを捕らえる許可を出していただけますか？」ファング・トロクが訊いた。

「それはダメだ」ローダンはほほえみながらも毅然とした態度でいった。「きみにはまかせられない。ダアルショルを目の前にしたら、復讐心に駆られて、理性を失うおそれがある。それはどうしても避けねばならない。なぜなら、生きたままカンタロを確保したいからだ。ひとつ提案がある。わたしのそばにいて……」

　そこで話は中断した。インターカムが鳴りひびいたからだ。

「《シマロン》のセッジ・ミドメイズから危機管理チームへ緊急メッセージ」

　次の瞬間、医師が話しはじめた。非常に興奮しているようだ。

「奇蹟です。アンブッシュ・サトーが目ざめました！　あと十五分か二十分で完全に意識がもどると思います」

　歓声が響きわたる。

「よくやった、セッジ」ローダンが賞讃する。「なにをやったにせよ、その方法については、特許をとってくれ」

「よろこびすぎるのはよくありません」医師はまじめにいった。「特許をとるなんてめっそうもない。急速な回復は、サトーのからだのなせる業です。大きな頭の小男は、精神的にも脳神経的にも相当タフだったのでしょう」

「特許をとれなかったからといって、サトーを責めないでくれよ」ローダンが冗談交じりにいう。「サトーにいくつか訊きたいことがある。話せる状態になったら、知らせてくれ」

接続を切ったあと、ローダンはいった。

「サトーから情報を聞きだすことができれば、ダアルショルの捜索も進展するだろう。そうなると、作戦の変更を余儀なくされるかもしれない。コーディネーターもそれに対処する必要がある。指令部と捜索隊のあいだの円滑なコミュニケーションを確保しろ。緊急事態時には、無線機を配布し、一時的に無線禁止を解除するんだ」

ローダンがダントンの顔色をうかがい、許しを請うような笑みを浮かべた。

「また、指揮官のようにふるまってしまった、マイクル」父はいった。「つい口がすべってしまった」

ダントンは笑いながら、かぶりを振る。

「あなたのほうが、うまくやれることはわかっています」と、息子はいった。「コーディネーターに連絡します」

それから十五分が過ぎた。だれもがセッジ・ミドメイズからの連絡を待ちかまえていた。そのとき、外でサイレンのけたたましい音が鳴りひびいた。居眠りをしていたグッキーが飛びおきる。

「大変だ！」ネズミ＝ビーバーは悲鳴をあげた。「かれらが……」

そのとき、ドアが音を立てて開き、ダントンが駆けこんできた。顔をゆがめている。

「ダアルショルを見つけました！」と、叫んだ。「現場を確認したところ、カンタロが三名を人質にしています！」

*

リア・ニングの死体が予定よりも早く発見されてしまうかもしれない。それが、男の計画の唯一の弱点だった。

死体は人里はなれた場所に置きざりにした。しかし、リア・ニングがそこへいったことを知る人物が自分以外にもうひとりいた。ブルー族のリー＝ミーグ＝ユーだ。

決定打を準備する時間が必要だった。しかし、死体が早く見つかれば見つかるほど、時間はなくなる。まずは、宇宙港の構造を知らなければならない。この惑星に連れてこられたとき、宇宙港をとおって移送されたので、その構造はだいたい知っていた。移動中に、体内のフィールド・センサーが目に見える以上のものを感知したからだ。とはいえ、そのデータは充分ではない。会話のなかで住民が口にした言葉から、宇宙港の全体像を推測したにすぎないからだ。確実にわかっているのは、全体の三パーセント程度。計画を成功させるためには、さらに多くのデータを集める必要があった。

パルス・コンヴァーターが保管され、テストされているエリアの構造は、だいたい把握していた。しかし、曖昧《あいまい》な情報はほとんど役にたたない。細部まで知る必要があった。これから数時間のうちに詳細なデータを集めなければならない。そのためには、リア・

ニングがすぐに発見されないことが重要だった。これまでしてきた行動はすべて時間稼ぎのためだった。

中央山脈の谷間を縫って低空飛行する。星明かりに照らされた山の急斜面を高速でとおりすぎる。センサーはつねに作動している。もはや、通常の入口から宇宙港に侵入できないことは明らかだ。かくれた侵入経路を見つける必要があった。赤外線に対する感度が高いセンサーは、宇宙港の排気口に反応する。それが暗がりのなかでは赤く光る目印になった。リア・ニングのグライダーで谷間を旋回しはじめてから二時間が経過していた。峡谷をぬけ、山の斜面に沿って飛行し、峰をこえることをくりかえす。そのあいだに、男は排気口の連なりをもとに宇宙港の輪郭を把握し、そのデータをシントロニクス記憶バンクに保存していた。

パルス・コンヴァーターがあるエリアは、宇宙港の北西部に位置する。男は渓流が流れる谷間にグライダーを進入させ、藪の奥に無理やり着陸させた。機体から出て、その上に枝や葉を積み重ねる。そうしておけば、渓谷に迷いこみ、グライダーの真正面に立つ人でもいないかぎり発見されるおそれはないからだ。いちばん近い排気口は渓流の向こう岸の山頂にあった。よって、着陸地点は最適な場所とはいえない。とはいえ目下、もっとも大事なことは、グライダーが発見されないことだった。

男にとって登山はむずかしくない。指の感度が高いおかげで、人間の視力ではたいらにしか見えない岩の隙間や突起をかんたんに見つけることができるからだ。登山中に、シントロニクス神経系は、調整セレクターの喪失を補填するコンビネーション回路のテストをおこなう。回路は完璧に機能した。エネルギー・タンクの充電率は八十三パーセント。時間はまだのこされていた。

排気口のカバーはかんたんにはずれた。その穴は予想どおりのかたちをしていた。上部の十メートルだけ垂直で、その下は四十五度の角度で傾斜している。急な傾斜ではないが、そこを滑りおりるのは危険をともなう。そうはいっても、男が着ている船内スーツは耐引裂性にすぐれている上、手足でからだを支えれば、急激な落下は確実に食いとめられる。宇宙服を着ていたなら、反重力装置の助けを借りてゆっくりと下降していただろうが、船内スーツしか着ていない、いまとなっては穴に身をまかせるしかなかった。

こうして、男は三百メートル下の巨大な空調システムのまんなかに着地した。二十台の排気連結装置が絶え間なく汚れた空気を吹きあげている。そのシステムには、確実に空気を上方に送りつづけるための補強パーツが使用されていたが、あまり役目ははたしていなかった。圧力差によって空気はどのみち上方に流れるからだ。排気口は煙突以上の機能をはたしていなかった。

よって、そんな低機能の補強パーツは問題にはならなかった。男は腕の力を振りしぼり、連結装置のパネルの一部をはずして外にはい出た。センサーが反応する。有機生命体の存在を感知するが、二百メートル圏内ではない。ロボットの特徴的なシグナル・インパルスも感じられない。そこの空気は、排気装置のそばであるにもかかわらず澄んでいた。

男はパネルをもとの位置にもどすと、その部屋を出た。通路はせまいが、明るい。このあたりは宇宙港ではあまり使用されていない場所のようだ。発電所や空調設備や通信設備など、宇宙港の運営に必要な基本設備が集中的に置かれている。さまざまな電磁波も飛びかっていた。

通廊をしずかに歩きながら、左右のドアを開けて、各部屋を調べる。センサーによると、記録ずみの信号をはなつ有機生命体は近くにはいないようだ。ラッキーだった。さらに歩くと、奥の壁に通信ポートが設置されたちいさなあき部屋を見つける。それは、かくれ場として最適だった。数時間そこですごすことに決める。日の出とともに、意識不明の小男は発見されるにちがいない。そのあと、転送機受け入れステーション付近で捜索が開始されるだろう。しかし、受け入れステーションと男がいる部屋は宇宙港の端と端。遠くはなれていた。

すぐに仕事にとりかかる。通信ポートのハウジングはかんたんにはずれた。ありがたいことにフェニックス内の通信はすべて有線でおこなわれている。壁から出ている何百本ものワイヤーを束ねた太いケーブルを調べる。指で一本ずつワイヤーに触れる。デジタル信号に反応するセンサーの助けを借りて、情報伝達に使用されている複数のワイヤーを見つけた。

壁からケーブルを一メートル引きだすと、絶縁体をとりのぞき、見つけたワイヤーをひろげて指に巻きつける。デジタル・センサーの容量は大きい。一本の指に十本のワイヤーを巻きつけても、各ワイヤーからの信号を識別することができる。デジタル信号をアナログ信号に変換する必要もない。ここで使用されている情報コードを知っていたおかげで、ワイヤーの末端からセンサーへと伝えられるメッセージをそのまま理解することができた。

男は数時間かけて、宇宙港に関するデータをまとめる。シントロニクス意識は、各部屋の位置関係やポイント間の距離など、あらゆるデータを記録した。しだいに、宇宙港の輪郭が鮮明になる。自分がいる位置を把握し、パルス・コンヴァーターがある複合ラボが一キロメートル先にあることを知る。複合ラボにもっとも近い格納庫には現在、二隻の宇宙船が駐機している。《シマロン》は大きすぎるだけでなく、乗員もいる。よって《ブルージェイ》を奪い、フェニックスを去ることに決めた。

夜が明けると、警報が鳴った。大きな頭の小男が発見されたのだ。すべては計画どおりだ。捜索は転送機受け入れステーション付近から開始された。このとき、男はまだ情報収集に追われていた。あとはリア・ニングがいつ発見されるかにかかっていた。十時間から十二時間あれば、計画を成功させるために必要な情報はすべて集められるはずだった。

しかし、死体は予想していたよりも早く発見されてしまう。男は行動を起こさざるをえなくなる。最後にケーブルから得られた情報によると、自由商人たちは男が望んでいるような決定をまだくだしてはいない。よって、なんらかの刺激をあたえる必要があった。男はかくれ場を出て、移動する。だれにも気づかれることなく、複合ラボの近くまでやってくる。遠くに、パルス・コンヴァーターがあるラボを警備しているロボットが見えた。ロボットを避けて、格納庫に向かう。そこには三隻めの宇宙船《ペルセウス》が到着していた。

男はあらたなかくれ場を見つけるが、長くとどまるつもりはない。ありがたいことに、そこにも通信ポートがあった。回線に接続する。それは集中力などなくてもできる機械的な作業だ。ハイパーエネルギー信号を検知する。近くに放射線源があり、強烈な散乱波を発していることがわかる。もし男の有機体の意識が活動していたなら、その信号を受信して恐怖を感じただろう。しかし、感情のないシントロニクスは客観的にそのインパルスを分析し、散乱波をはなつプロセスが、クロノパルス壁の活動に似ている可能性が高いとの結論を出した。

パルス・コンヴァーターのテストがおこなわれているのだと男は思う。散乱信号に全神経を集中させる。そして、ハイパー送信機用のマイクロ・ジェネレーターを使って、パルス・コンヴァーターが作動時に発している放射線と同じ周波数で、集中度の高いハイパーエネルギー線を生成した。そうしたのは、散乱波を分析するためだった。これをしなければ、状況は男にとってより有利だっただろう。ハイパーエネルギー線を放出したあと、エネルギー・タンクの充電率は五十七パーセントにまで低下し、寿命は四十五時間短くなった。

しかし、その努力はすぐに実った。ペリー・ローダンとエンザという名の科学者が興奮しながら話す内容を聞きとることができたのだ。しばらくして、五百名の自由商人が宇宙港での捜索のために召集され、捜索エリアが複合ラボ周辺にうつされるという情報が入った。

すべては計画どおりだ。通信ポートのケーブルから得た情報によると、ローダンは宇宙港に向かったという。捜索エリアは複合ラボを中心として、東西南北に拡大された。よって、発見されるのはもう時間の問題だった。

そのとき、思いがけないニュースが飛びこんできた。頭の大きな小男がまもなく意識をとりもどすという。これまでのところ、多少の紆余《うよ》曲折はあったものの、すべては計画どおりに進んだ。しかし、小男が目をさますという事態は想定していなかった。すぐに行動を起こさなければならない。

男はかくれ場を出て、姿をあらわすことにした。

＊

「このラボと三十八番格納庫の中間地点」ロワ・ダントンがあわてて報告する。「持ち場を移動させられたばかりのコーディネーターが近くにいました。事件現場はここから六百メートルしかはなれていません」

グッキーとラス・ツバイはすぐに姿を消した。事件現場にジャンプしたのだ。ペリー・ローダンとダントンは、八十名の捜索隊をしたがえて、ゆるやかに曲がりくねった通路を急ぎ足で移動した。

「不気味としかいいようがありません」ダントンが説明する。「ドアが開いて、ダアルショルが出てきたそうです。動作はゆっくりでぎこちなく、近くにいた五名の自由商人がすぐに気づいて、パラライザーを発射しましたが、びくともしませんでした。ダアルショルはいまシントロニクスで百パーセント動いているので、パラライザーには反応しないのです。自由商人たちがさらに近づいて、フルパワーで照射すると、動きが鈍くなったように見えました。四メートルの至近距離から撃ってようやくカンタロは膝をつきました。その瞬間に、自由商人たちはダアルショルを捕らえて、拘束具を装着しようとしました」ダントンがかぶりを振る。「そこで、信じられないことが起こったのです。

録画装置のひとつが、それを記録していればいいのですが……。ダアルショルは腕を非常にゆっくりと動かしました。しかし、五名は拘束具の装着に夢中で、それに気づきませんでした。コーディネーターが、あぶないと叫びました。五名が顔をあげた瞬間、ダアルショルがそのうちの三名に襲いかかりました。二名を気絶させて、三番めは楯として自分の前に立たせました。ほかの二名はなんとか逃げだすことができたのです」

　前方がざわついている。通廊の先には半円形のホールがあった。そこで起こっていることは狂気の沙汰といってよかった。何十名もの自由商人がホールの前に群がっている。悲鳴が聞こえる。コーディネーターが全員に向かってなにかを叫んでいるが、だれも聞いていない。ホールの奥の壁の前に、ダアルショルが立っている。足元には意識を失ったアコン人とブルー族の男が横たわっている。カンタロはテラナーを片腕で抱き、楯にしている。ドレークのハイパー通信スペシャリスト、オムレ・フィッツカラルドだ。ダアルショルはあいたほうの手で、ホルスターから武器をとりだすと、銃口をフィッツカラルドのこめかみに押しあてた。

「しずかにしろ！」ローダンがどなった。

　その声は力強い。喧騒《けんそう》のなかでもよく響いた。全員が振りむく。その場が突如、しずまりかえった。ローダンとダントンが前へ進むと、全員が道をあけた。興奮した自由商人たちとカンタロのあいだには幅十五メートルほどの空間があった。

「あの境界線を越えないよう、気をつけてください」コーディネーターがあわててローダンに耳打ちする。「越えたら、三名の人質を殺すといっています」

ローダンはうなずき、横目でふたりのテレポーターを見る。グッキーは両腕を使ったジェスチャーで、超能力を使うべきかどうか質問した。ローダンはかぶりを振る。イルトが超能力を使って、どんなにすばやくダアルショルのからだをふらつかせたとしても、フィツカラルドが撃たれる可能性は充分にあるからだ。

ローダンが境界線に歩みよる。背後からは、興奮した自由商人たちの荒い息づかいしか聞こえてこない。

「逃げ道はないぞ、ダアルショル」ローダンの声がひろいホールに響きわたった。「われわれは、きみがエネルギーを使いはたすまで、ここに立って待っていればいいだけだ」

カンタロは返事をしない。しかし、しばらくすると、唇が動きはじめた。口が数回痙攣する。話すのに苦労しているようで、口調はたどたどしかった。

「これまで……この三名は……もう死んでいたかもしれない。わたしのエネルギー供給は充分……かれらよりも……ずっと長い」

ローダンの頭のなかは考えでいっぱいだった。ダアルショルが人質を捕まえるところは数名に目撃されていた。かれの動きはゆっくりだったという。話すのも辛そうだ。これらのことを踏まえると、カンタロが調整セレクターを除去された副作用で苦しんでいることはたしかなように思えた。しかし、ローダンはその考えに自信がもてなかった。というのも、ダアルショルが調整セレクターを失ったあとに手足が不自由になったことを、いまのいままで疑っていた自分がいたからだ。

しかし、迷っている場合ではなかった。決断しなければならない。

「ダアルショル、いまからそこへいく。武器は捨てるから安心しろ」ローダンはホルスターからコンビ銃をとりだして、ほうりなげた。「危害をくわえるつもりはない。だから人質を解放し、持っている武器をわたすんだ」

ローダンが慎重に一歩踏みだす。ダアルショルは反応しない。疲れきったように、目を半分閉じている。さらに一歩進む。背後の自由商人たちは息をひそめて見守る。あと二十歩。淡色の船内コンビネーションに身をつつんだ背の高い男を観察する。カンタロは微動だにしない。疲労困憊《こんぱい》しているように見える。顔はグレイで、しわだらけだ。頬は、長いあいだ飢えに耐えてきた者のようにくぼんでいる。一歩進むごとに、ローダンは確信を深めていった。すべてはむだな心配だったのだ。

ダアルショルに、もう力はのこされていない。調整セレクター除去後に無理をした結果、倒れる寸前まで追いこまれたのだ。

ローダンはすでに半分の距離を進んでいた。カンタロはまだじっとしている。いっぽう、フィツカラルドの目はますます大きくなり、いまにも飛びだしそうになっていた。

あと十歩……九歩……八歩……。

「人質をはなせ、ダアルショル！」ローダンが叫んだ。ダアルショルは応えない。すると突然、ひろいホールに声が響きわたった。

「ペリー・ローダンおよび関係各位に緊急報告！《シマロン》から連絡が入りました。意識がもどったアンブッシュ・サトーの話によると、脱走したカンタロは身体能力をいまもなお完璧に維持しているそうです……」

すぐに大混乱が起こった。自由商人たちの怒号がこだまする。ダアルショルは、人間の目には見えないほどのスピードで人質をわきへ押しやると、身をひるがえしてジャンプした。ローダンは攻撃をかわそうとしたが、その超人的なスピードにはかなわない。激突され、スチーム・ハンマーで殴られたような衝撃を受けた。致命的な一撃をくらい、意識を失った。

5

その現場を見ていたロワ・ダントンは、恐怖のあまり茫然とした。オムレ・フィッカラルドはまるでボロ人形のように投げとばされた。ダアルショルは、カタパルトから発射されたロケットのように前方に飛び、ペリー・ローダンに突撃した。砕けるような音がした。ローダンは即座に意識を失った。ダアルショルは意識不明の男を抱きあげると、肩にかついだ。武器は持ったままだ。そして、銃口を自由商人たちに向けた。

「去れ！」ダアルショルが全員に命じた。「道をあけろ。おまえたちにとって、こいつはもっとも大事な人物だ。じゃまをすれば殺す。さっさといけ！　長くは待たないぞ」

ダアルショルは壁ぎわに身をよせる。フィッカラルドが動きはじめ、朦朧《もうろう》とした意識で立ちあがろうとする。ダアルショルは目の端でそれを見たか、無数のセンサーのひとつでそれを認識したのだろう。すぐに、からだの向きを変えると、フィッカラルドのこめかみを蹴った。蹴られた男はうめき声をあげて倒れ、動かなくなった。

「ダアルショルのいうことを聞け！」ロワ・ダントンが叫んだ。「ここを去るんだ。カンタロの好きにさせろ。かれの性格はわかっているだろ。これは脅しじゃない。本気だぞ！」

自由商人たちがゆっくりと動きだす。ゆっくりすぎるとダントンは思う。叱咤《しった》激励《げきれい》しながら警告をくりかえすと、ようやく、全員が小走りになった。ラス・ツバイとグッキーはとっくにその場を去っていた。それから一分もたたないうちに、半円形のホールにはだれもいなくなった。ダントンが最後にそこを去る。そのとき、もう一度振りかえった。意識を失った三名が横たわっている。ダアルショルは人質のあいだに立っている。その肩の上には父の動かぬからだがあった。

「おぼえてろよ」もと自由商人の王はいった。

その声はちいさかったが、ダアルショルの敏感なセンサーがそれをキャッチしたのはたしかだ。ダントンがふたたび前を向いて歩きはじめる。ホールから見えない場所でグッキーが待っていた。

「いこう、急がないと」

グッキーはダントンの手をとると、ジャンプした。次の瞬間、ふたりはパルス・コンヴァーターがあるラボにいた。ラス・ツバイ、フェルマー・ロイド、ジュリアン・ティフラー、ファング・トロクの四名がいる。ティフラーは通信コンソールの前で忙しそうにしていた。至急、次の計画を立てたのはグッキーのようだ。主導権を握っていることがわかる。ツバイに適切な指示を出して作戦をスタートさせたようだ。

「ティフ、ダアルショルが向かっている先はどこ？」

ティフラーが目の前にあらわれたスクリーンを凝視する。監視システムからデータを入手していることにダントンは気づいた。画面に半円形のホールがうつしだされる。左側に開いたドアが見える。気絶した三名はまだ床に横たわっている。ダアルショルが人質を連れて姿を消すと、ドアは閉まった。そして映像が変わって、せまい通廊があらわれた。

「三十八番格納庫に向かっている」ティフラーがいった。

「《シマロン》にメッセージを送って」グッキーの甲高い声が響いた。「トラムプの砂の精霊たちの近くでは、どんなときもしずかにしてくれって」

ティフラーはいわれたとおりのメッセージを送った。宇宙港にいるあいだ、《シマロン》は自由商人の有線通信システムに接続されていた。

グッキーがあたりを見まわす。

「なんで、みんな突ったったままなのさ？」と、ネズミ＝ビーバーが鳴くような声でいう。「なにもすることがないの？　ダアルショルが《ブルージェイ》に向かっているんだよ」

ダントンはすこしはなれた場所からネズミ＝ビーバーの声を聞いていた。混乱していた。ダアルショルの計画をようやく理解したからだ。これまでずっと、カンタロの目的は、パルス・コンヴァーターの破壊か掠奪のどちらかだと思っていた。しかし、本当は、最初からもっと大きな獲物、つまり、ペリー・ローダンを狙っていたのだ！

そのとき、毛むくじゃらの手がダントンの手をつかんだ。

「ロワ、いっしょにきてくれるよね？」と、グッキー。「急げばダアルショルより先に船に乗れる。ラス、きみはガラスの葉巻を持った青い戦士を連れてくるんだ。さあ、いくぞ！」

まるで、見えざる手が映像を入れかえたかのように、目の前の景色が一瞬にして変わった。ダントンは《ブルージェイ》のちいさな司令室にきたことに気づく。レノ・ヤンティルが制御盤の前で忙しそうにしている。細身で黒髪のテラナーは、背後で再実体化の音を聞いて立ちあがった。その瞬間、グッキーとツバイがジャンプしてきたのだ。

「なんだ……」ヤンティルが驚く。

「ここから逃げて！　どこかにかくれるんだ！」グッキーが叫んだ。「あと数秒で、危険な訪問者がやってくるから」

ダントンは目眩《めまい》を必死でこらえる。

「聞いてくれ、レノ」と、懇願する。「説明しているひまはない。ダアルショルがここにくる。ペリーを人質にしているんだ」

ヤンティルは反論しなかった。ダントンが真剣であることがわかったからだ。黙って、いちばん近いハッチから出ていった。

「さあ、配置について」グッキーが叫んだ。「どこでもいいからかくれるんだ。青い戦士は、ぼくといっしょにきて。きみのその葉巻が必要なんだ」ファング・トロクが解せない顔をしていることがわかると、こんどはカルタン語で指示した。「でも、ぼくが合図するまでは撃たないでね」

　貯蔵装置の上部はかくれ場としては最適ではないが、がまんするしかない。グッキーはヤンティルが出ていったハッチを開け、そのままになるよう固定した。ファング・トロクを引き連れて移動する。ハッチの向こうがわにあるせまい通廊は薄暗い。ハッチの両サイドに、カラポン人とネズミ＝ビーバーは陣どることにした。

　ダントンとツバイは身をよせあうようにして、ふたつの連結装置のあいだに忍びこむ。その幅は一メートルしかない。

「ラス、まずはカンタロが武器を持っているかどうか確認しろ」ダントンが小声でいう。「持っていない場合、ファング・トロクのドロイド・キラーが効かなかったら、すぐにカンタロのもとへジャンプしろ！」

　ツバイが無言でうなずく。監視制御盤のひとつに赤いランプが点灯する。ダアルショルが到着したのだ！　その光は船のエアロックが開けられたことを意味していた。カンタロはここに直行するにちがいない。なぜなら、かれにとっていまもっとも大事なことは、一刻も早くフェニックスから脱出することだからだ。

司令室の主ハッチのすぐ横にある反重力リフトから物音が聞こえてくる。ダアルショルがきたのだ！　ダントンはてのひらから汗がにじみ出るのを感じる。カンタロの声が聞こえてくる。母語でひとりごとをいっている。ここまできたら自分の居場所が検知されてもいいと思っているのだろう。ふたたび有機体の意識にもどっていた。

とうとう、背の高いダアルショルがリフトの開口部のなかにあらわれた。一歩前に踏みだすと、あたりを見まわす。意識不明の男を肩にかついでいる。そして、無造作に男を床に投げだすと、司令コンソールに向かって歩きだした。

そのとき、ダアルショルがふと立ちどまった。頭に手をやり、忘れていたことを思いだしたような表情をする。横に一歩出ると、振りかえろうとする。そこで、いきなり挙動不審におちいった。ファング・トロクの武器が音もなく、目に見える副次的効果もなく、効き目を発揮したのだ。ダアルショルは首をうしろにそらすと、うがいをするような音を立てた。即座に罠にはまったことに気づく。すると、ダントンが恐れていたことが現実になる。カンタロは踵《きびす》を返すと、フィツカラルドから奪った武器が忍ばされているベルトに手をかけた。ぎこちない動作で、コンビ銃の床尾をつかむ。そして銃身を揺らしながら引きあげると、意識不明の男にそれを向けた。

ラス・ツバイが必死で平常心をたもつ。迷っているひまはない。ただジャンプするだけだ。ダアルショルがいまいる場所にピンポイントで着地できるよう、ジャンプのタイミングをはかる。もう、あともどりはできない。

ツバイが非実体化すると鈍い音がした。カンタロが立っている場所で爆発が起きる。見えない力が、想像を絶する力で敵を投げとばした。ダアルショルは武器を手ばなすと、大きな音を立てて工具入れのひとつに激突し、そのまま床に倒れこんだ。

ラス・ツバイは百分の一秒前にいた場所にもどり、痛む肩をさすった。

*

会議はロワ・ダントンの自宅でおこなわれた。宇宙港での大事件からほぼ三日が経過していた。ダアルショルはダントンの隣りの家に移送された。その建物の周囲には地下でも効果を発揮するエネルギー・バリアが張られた。よって、カンタロはもう逃げだすことができない。バリアにはインターカムのケーブルがとおる、わずかな構造亀裂しかなかった。

時間は正午だった。

「きみたちの考えは、グッキーにテレパシーで読みとらせたかのように、よくわかる」ペリー・ローダンが話しはじめた。「ダアルショルは良心の呵責《かしゃく》も感情もない存在だ。

ルドに難治の重傷を負わせた。ダアルショルはロボットだ。そのプログラムをおこなった者の人格は、月に雨が降るのと同じくらい想像しがたい。

しかし、ダアルショルを罰するのはわれわれの任務ではない。いったい、どの法律によってかれを裁けというのか？　たしかに、かれはいま自由商人の管理下にある。よってこの組織にはかれを裁き、この地の法律にしたがって処分をくだす権利がある、ということもできるだろう。

だが、そうすることで、われわれになんの得があるだろうか？　ダアルショルはおそらくここで破滅するだろう。一刻も早く銀河系にもどりたいという、かれの発言に意味がないとは思わない。命がけであることもたしかなようだ。ダアルショルはその理由と帰還する方法を語ろうとはしない。それは、サトーも疑っていたように、かれ自身がそのつながりを理解していないからなのかもしれない」

その場にいた人々の視線がローダンに集中する。だれも発言しようとしない。とうとう、アンブッシュ・サトーが沈黙を破った。

「より明確に、カンタロの特性を知ることができれば、今後の役にたつと思われます。われわれは調整セレクターをとりだしたことで、ダアルショルを無害化できたと思っていました。でも、それはまちがいでした。ダアルショルは自身の体内にスリー・ウェイ回路とでも呼ぶべきものをつくりました。失われたセレクターの機能を補填するために、シントロニクス身体システムの三つのモジュールをつなぎ合わせて、それをつくったのです。とはいえ、回路の構築は危険と隣りあわせでした。からだがエネルギーを大量に消費するようになってしまったのです。ダアルショルはその回路を体内に組みこんだことで、寿命を縮めました。エネルギーを使いはたせば、体内のシントロニクス部分は死んでしまいます。シントロニクスが機能しなければ、有機的な体内組織も生きのびることができません。ダアルショルはスリー・ウェイ回路を構築するさい、死を覚悟したはずです。意識不明のかれを診察したときに、そう思いました。体内回路はもとにもどしました。調整セレクターを除去された現在のダアルショルは、当初の予測どおり、自由にからだを動かすことができません。しかし、また同じようなことを試みないという保証はありません。慎重に監視をつづけなければならないでしょう」

「なぜエネルギーを補給しなかったのだろう?」ダントンがたずねた。

「わかりません」と、サトー。「エネルギー補給の方法は、わたしも知りません。もしかしたら、あまりにも目立つ方法であるため、あやしまれると思ったのかもしれません。しかし、そんなことは、いま重要ではありません。意識を回復したダアルショルとインターカムで話をしました」

全員が耳をそばだてた。

「ダアルショルはパルス・コンヴァーターの最終調整を手伝ってくれるといってくれました」

予想外の発言に、全員が驚いた。

「サトー、手伝ってもらう意味などあるのか？」ローダンがたずねた。「コンヴァーターは完成したも同然だろ？」

「たしかに、そうともいえます」サトーはほほえんだ。「でも、まだいくつかたりないものがあり、最悪の場合、完成はあと一カ月遅れるかもしれません。しかし、ダアルショルの専門知識を活用できれば、数日で完成させることも可能だと思います」

ローダンがしばし下を向いて考える。そして目をあげると、ダントンに向かっていった。

「わたしはここの指揮官ではない。きみが考えをまとめて指示を出してくれ」

ダントンはほほえんだ。

「サトー、きみが正しいと思うことをやれ」父の言葉にしたがう。「ただし、ダアルショルに対して、われわれが不信感をいだいていることは、忘れないでほしい。だれもかれを信用していない。カンタロはパルス・コンヴァーターに妨害工作をしたいがために、協力を申し出ている可能性がある」

「わたしが監視しているかぎり、そんなことはできません」超現実学者が主張する。

「パルス・コンヴァーターの動作原理を知りつくしたわたしが、だまされることはありません」

「わかった。なら、ダアルショルに協力させればいい。しかし、一瞬たりとも目をはなすな！」

サトーは満足そうにほほえんだ。全員が安心して、飲みものに口をつける。外は曇り空だ。海の向こうからは雷鳴が聞こえていた。

そこで、話題が変わった。ファング・トロクがカンタロを無力化するために使った武器の話になった。

「ドロイド・キラーの射程は最大八メートル、それにエネルギー・バリアを貫通することもできない」ダントンがいった。「これらの弱点を改善し、有効な武器にできないだろうか？」

「ファング・トロクと話して、ドロイド・キラーの仕組みは理解しました」サトーが答えた。「原理が原理ですから、改良のしようがありません。わたしが見るかぎり、この武器が機能したこと自体が奇蹟に近い。カラポン人は一流の技術者です。それを、まずは受けいれる必要があります。いずれにせよ、ファング・トロクはとてつもない努力をしてドロイド・キラーをつくりあげたのです」

ローダンがほほえむ。

「われわれの友、ファング・トロクには、その外見からは想像もできないほど多くの才能があるようだ。ひそかにダアルショルを観察し、自分で改造した装置を使って、カンタロのシントロニクス身体部品から出る放射線まで測定していたのだから。リア・ニングが亡《な》くなるずっと前から、カンタロに目をつけていたにちがいない。カラポン人には驚くべき才能がかくされている。それだけは確実だ」

*

アンブッシュ・サトーがペリー・ローダンに連絡をしたのは、それから数日後のことだった。満足そうな笑みを浮かべている。

「あす、パルス・コンヴァーターの設置を開始することをお知らせします」ていねいに挨拶したあとにいった。「必要なものはすべて手配ずみです。あとはあなたの承認だけが必要です」

「すばらしい」ローダンは賞讃した。「詳細についてはすでに話した。すべて承認ずみだ」

ローダンは超現実学者に飲みものをすすめたが、断られた。

「ところで、ダアルショルはどうだ？」ローダンがたずねた。

「役にはたっています」サトーは答えた。

返事が短すぎる。ローダンは怪訝《けげん》そうに相手を見る。

「すばらしい働きぶり、というわけではなさそうだな」

「前にもお話ししたように、ダアルショルは内向的です。かれを悪くいう気はありません。ただ、だれかといっしょに働くことが苦手なのです。好きにさせるしかありません」

「それで、なにかやってくれたのか？」

「われわれを手こずらせていたちいさな問題がいくつかあったのですが、あっという間に解決してくれました」

「そのさいに、妨害工作をした可能性は？」

「ありません」アンブッシュは確信を持っていった。「解決してもらったちいさな問題は、コンヴァーターの周辺にあるもので、実際の装置の働きとは関係がありません」

ローダンがうなずく。

「まずはコンヴァーターのテストをしてくれ」ローダンは自分を安心させたいがためにいった。「もしカンタロが妨害工作をしていたら、テスト中にそれが明らかになるだろう。探査機の準備は完了したのか？」

「もう、とっくに完了しています」サトーは答えた。「探査機には、クロノパルス壁通過の各段階についてのデータ収集をおこなう装置が完備されています。予定どおり、三機準備しました。一機めは亜光速で壁に突入します。二機めと三機めはミニ・メタグラヴを装備し、十光年後と五十光年後に、ハイパー空間から出現するようプログラムされています」

ローダンが、合成ワインが入ったグラスを手のなかでまわす。考えこんでいた。心の奥底に不安があった。どうしてもカンタロを信用できない。不信感を払拭《ふっしょく》するために、サトーへの質問を探すが、なにも思い浮かばない。結局、たよりになるのはテストだけだという結論に達した。もしダアルショルがパルス・コンヴァーターに妨害工作をしていたなら、テスト中にわかるはずだ。

「サトー、できるだけ早く設置をはじめてくれ」ローダンはたのんだ。「一刻も早く銀河系へ進入することは、われわれにとっても、皮肉だが、ダアルショルにとっても利益になる」

超現実学者は笑顔でお辞儀をした。

「承知いたしました、ペリー・ローダン。お望みどおり手配いたします」

*

天才ジェフリー・アベル・ワリンジャーが発案したパルス・コンヴァーターは、人類の歴史のなかで重要な役割をはたしてきたアンティテンポラル干満コンヴァーターを発展させたものだ。パルス・コンヴァーターはハイパーエネルギーをベースにして作動する。ハイパーエネルギー的プロセスは、五次元の連続体のなかで起こるため視覚化することができない。なぜなら人間の理性は三次元的に考えることに慣れてしまっているからだ。よって、パルス・コンヴァーターの作用の仕方の概略だけでも理解しようとする者は、モデル画像にありがちな、重要プロセスの細部をはぶいた、単純な画像を見て理解したつもりになるしかない。

パルス・コンヴァーターはハイパーエネルギーの波面を発生させ、時空構造の周期的なゆがみをひきおこす。このゆがみは微小な時間変位と解釈することができる。波面の影響を受けた時計が、くりかえし遅れたり、進んだりするところを想像すればわかりやすいだろう。それは原子時計といってもいいかもしれない。というのも、時間変位はナノ秒単位で起こるからだ。

ワリンジャーのアイデアは、波面とクロノパルス壁のパルス化されたフィールドを相互干渉させ、干渉を制御して、両者の効果を打ち消しあうというものだ。それにより、壁の裏側に設置されているであろうクロノパルス発生機が作動しても、壁に空洞ができるようになる。パルス・コンヴァーターの制御機構は、ファング・トロクのドロイド・キラーと同じように、フィードバック効果を生むよう設計されている。コンヴァーターはフィードバックによって、波面が望ましい効果をあげているかどうかを確認する。波面の強度と周波数は無制限に調整でき、望ましい効果が得られない場合は、フィードバックにより、どのパラメーターを変更すべきかを知ることができる。《シマロン》へのパルス・コンヴァーターの設置には三日を要した。コンヴァーターは船の中央電源に接続された。設置が完了してから数時間後、《シマロン》はフェニックスをはなれ、クロノパルス壁に向かってスタートした。目的地は《ペルセウス》が最近調査をおこなった宙域だ。

《シマロン》の司令室は極度の緊張感につつまれていた。アンブッシュ・サトーは、パルス・コンヴァーターを操作するための大きな司令コンソールの前にすわっている。傍らにはペリー・ローダン、レジナルド・ブル、ロワ・ダントンがいる。首席操縦士のイアン・ロングウィンと副操縦士のラランド・ミシュコムもいつもの席にすわっている。ふたりに、いまできることはなにもない。船はエンジンを切り、自由落下の状態だからだ。数分前、予備テストとして、通常設計の亜光速探査機が発射され、予想どおりクロノパルス壁のなかで爆発した。その結果、クロノパルス壁は《ペルセウス》が測定をおこなった時点とまだ同じ形状であることが確認された。《ペルセウス》のデータは信頼性が高かった。

「では、はじめます」サトーがいった。

自制心の強いサトーでさえ、このときばかりは興奮し、声が震えている。いくつかのセンサーに触れると、データが表示された複数の画面があらわれた。画面のひとつに、輪郭が不鮮明な赤く光る面がうつしだされる。クロノパルスの壁の模式図だ。現時点では壁はまだ存在していない。三機の探査機のうちの一機めが、一定の距離まで近づいてはじめて壁があらわれるのだろう。

「パルス・コンヴァーターが作動しました」サトーがいった。「第一探査機、発射」

発射した探査機は司令室からは見えない。壁の模式図のなかに、ちいさな白い光の点があらわれ、低速でホログラムのなかに移動する。数秒後、背景の発光面が真っ赤に輝きはじめた。

「クロノパルス壁が活性化しました」サトーがささやいた。

量子レベルの時間反転が探査機に影響をおよぼし、誘導回路と制御回路を混乱させる。探査機内のコンピュータは数秒間ならこの混乱に対処できるだろう。しかし、そのあと故障し、機体が爆発するまでランダムにコマンドを生成する可能性が高かった。

「あれを、見てください！」超現実学者がささやいた。「開いています！　開いています！」

赤く光る面にちいさな黒い穴ができる。それは拡大していく。穴は全方向へとひろがり、赤い光をのみこんでいく。ついに、赤い面よりも面積がひろい、直径半メートルほどの暗黒の円になった。

探査機をしめす白い光の点が円の中心に向かって移動する。サトーは画面に表示されているデータをすばやく確認する。

「パルス・コンヴァーターがなかったら、探査機は十二秒前に爆発していたでしょう」

サトーが気持ちをおちつかせながらいった。

司令室の壁に沿ってならんだワーク・スペースで、だれかが熱狂的に拍手をしはじめた。サトーが即座にそれを制する。

「まだなにも証明できたわけではありません」と、サトー。「待機する二機の探査機にバリアを突破させるまでは、よろこぶわけにはいきません」

拍手が鳴りやんだ。第一探査機が飛行速度をあげ、数分後には光速の六十七パーセントに達した。もはや疑いの余地はない。探査機が通過している部分がクロノパルス壁にできた穴だ。

サトーの目が輝く。

「第二、第三探査機、発射」そういうと、二機の探査機のセンサーを作動させた。

そのとき、もうひとつの画面があらわれた。そこにはなにもうつっていない。二機の探査機は最低限の超光速ファクターで飛行し、それぞれ一分後と五分後に四次元連続体にもどる予定になっていた。

時間がゆっくりとすぎていく。レジナルド・ブルが額に手をやり、汗をぬぐう。ロワ

・ダントンは深く息を吸いこむと、深いため息をするように開いた口から息をいっきに吐きだした。ローダンがクロノメーターの表示画面に目をやる。三十八、三十九、四十……組んだ手を握りしめて、必死に祈りつづける。どうか成功してくれ！

それまで、なにもうつしだされていなかった画面の中央に光があらわれた！　サトーは飛びおきて、母語で叫んだ。意味はだれにもわからなかった。ただ、小男が興奮するのを見るのは、みんなはじめてだった。

拍手がふたたびわき起ころうとするが、またサトーがそれを制した。

「あと四分待ってください！」興奮する乗員に向かって叫ぶ。「一機めの超高速探査機は壁を突破しました。二機めの超高速探査機がふたたびあらわれるまで、拍手はひかえてください」

二回めの待ち時間は、一回めよりはるかに耐えやすかった。第一、第二探査機は壁の突破に成功した。第三探査機が失敗すると考える理由はない。司令コンソールの前にいる者たちも、ワーク・スペースにいる者たちも、冷静に時間がすぎるのを待つ。ローダンの頭のなかでは、銀河系への最初の進入についての計画が具体的になりつつあった。

四・五七、四・五八、四・五九、五・〇！

スクリーンに、二機めのハイパー探査機が輝く満開の花のようにあらわれた。不思議なことに、その瞬間、司令室は死んだような静寂につつまれた。人の心は、とんでもないことが起こると、それを実感するのに時間がかかるらしい。ジェフリー・アベル・ワリンジャーという天才が、六百五十年間難攻不落と考えられていた狂気のバリアを打ちやぶった瞬間だった。故郷銀河への道がいま開かれたのだ！

熱狂的な歓声がわき起こった。男も女も飛びあがって抱きあう。だれかが鳴らしたサイレンがけたたましくひびく。ラランド・ミシュコムは、巨体を揺さぶりながらよろこびのダンスを披露した。インターカムをとおして吉報は船内の全室に伝えられ、それから半時間《シマロン》のなかはお祭り騒ぎだった。

サトーは司令室のすみにあるシートにすわって目を閉じた。まるで涅槃《ねはん》に達したようなおだやかな表情をしている。しかし、よく見ると、まぶたの下から二粒の涙がこぼれていた。

超現実学者はよろこびのあまり泣いていた。

＊

男は勝利の歓声を聞いていた。冷静だった。というのも、かれらがクロノパルス壁の突破に成功することはわかっていたからだ。

いっぽう、男の試みは失敗した。上官から賞讃され、名声を得るための計画はうまくいかなかった。まったくの誤算だった。賞讃と名声どころか、非難と嘲笑を浴びせられることになってしまったのだ。

宇宙船を拿捕し、自由商人の基地の地図をもって、銀河系にもどるだけでなく、カンタロが唯一本気で恐れる相手、ペリー・ローダンを拉致《らち》することが当初の計画だった。それなのに……。

恐ろしい兵器で攻撃されたのだ。あの瞬間、からだから力が吸いとられていくのを感じた。変わり者のカラポン人が、あれほど多くの技術と知識を持っているとは思いもしなかった。《ブルージェイ》の司令室に侵入した直後は、艦船保護のために構築された固定フィールドのなかに入りこんだと思った。そんなものは制御盤をすこしいじれば、かんたんに解除できると思っていた。開いたハッチの向こうにカラポン人がいて、いまにも壊れそうな武器を向けているのに気づいたときは、あとの祭りだった。あのとき、ペリー・ローダンを殺してやろうと思った。しかし、それも実現しなかった。黒い肌のテラナーがいきなり飛びかかってきたからだ。反撃する力はもうのこっていなかった。

まちがいをおかしてしまったのだ。いまこの瞬間から、クロノパルス壁の向こうがわでふたたび自由をあたえられる日まで、その埋めあわせをしつづけるつもりだ。次の計画を練りはじめた。次回は完全にシントロニクス意識の思考能力と総合的判断力にたよると決めた。最初の計画が失敗したのは、有機体の意識の考えを使ってしまったからだ。

次回は慎重に行動するつもりだ。体内のスリー・ウェイ回路はもとにもどされてしまった。調整セレクターはまだとりもどせていない。からだは以前同様、不自由なままだ。

しかし、それがどうしたというのか？　回路を一からつくりなおせばいいだけだ。

*

ペリー・ローダンは一軒家に引っこしをした。その家の持ち主は任務で不在のため、数カ月はもどってこない。

それまでには銀河系への遠征に出発しているだろう。

ローダンは遠征計画を立てるために、その家に引きこもった。マンダレーと宇宙港にある巨大シントロニクスに再接続した自宅のコンピュータを駆使して計画を練った。二千百年間の人生経験において、焦ってもいい計画は立てられないことを学んだつもりだが、それでも焦っていた。夜は、矢のようにすぎていく時間をむだにしているような気がして熟睡できない。そのため、ローダンの細胞活性装置は体力と精神力を維持するためにふだんよりもよけいに働いていた。

その夜、ゲート・サーボがふたたびアンブッシュ・サトーの訪問を告げた。ローダンはサトーを見て驚く。ひどく落ちこんでいるように見えたからだ。

「ここにすわってくれ」と、いった。

サトーは腰をおろした。かつて機械式の録音装置で使用されていたようなテープの切れ端を手に持っている。超現実学者は疲れたような動作で、その切れ端をテーブルの上に置いた。そこには三本の測定痕がついている。フィルムに沿ってはしる三本の横線は、ちいさな凹凸《おうとつ》によってところどころ切れている。下の二本はフィルムの端までつづいているが、上の一本はフィルムの中央で歯形になり、とぎれていた。

「ペリー・ローダン、よろこぶのが早すぎたようです」超現実学者が陰気な声でいった。「あのとき、もっと時間をかけて確認していれば、部分的な成功にすぎなかったことに気づいたのでしょうが……」

いやな予感がしてローダンが覚悟を決める。

「探査機のひとつが爆発したのか？」と、たずねた。

サトーはうなずいた。

「あの数時間後でした。われわれがセレス星系近くのハイパー空間から帰還したとき、自動装置が爆発を感知しました。長期データを分析してはじめてそれに気づきました。爆発したのは五十光年ジャンプした第三探査機です」

ローダンがしばし絶望を味わいつくす。そして、たずねた。

「クロノパルス壁の遅延作用が原因で爆発したのか？」

「いいえ」サトーはきっぱりと答えた。「爆発の特徴がそれとはまったく異なります」

「そうでなければ、なんだ？　探査機の故障が原因か？」

「そうであればいいのですが……」

サトーはそれ以上なにもいわなかった。その半時間後に、きたときと同じくらい悲しみ、意気消沈しながら帰っていった。その夜、ペリー・ローダンは数分しか眠らなかったが、悪夢を見た。

それは、クロノパルス壁の向こうがわに第二のバリアが待ちかまえているというものだった。

謎の秘密基地

H・G・エーヴェルス

登場人物

ペリー・ローダン……………………銀河系船団最高指揮官
アトラン……………………………アルコン人
バス＝テトのイルナ………………アトランのパートナー
エイレーネ…………………………ローダンの娘
コヴァル・インガード……………惑星ブガクリスからきた男
ホラム・ルド………………………イラワディ・リバー・クラブの店長
リオン・ウィング…………………《クレイジー・ホース》船長
カーシャム・タル…………………同航法士。火星人
エシュクラル・
　　ノグヒム・ドラグス………同火器管制官。トクルント人
ヌリア・ガイ・ツァヒディ………同船内エンジニア。宇宙船設計士

1

コヴァル・インガードは、なにかに右足のふくらはぎを噛まれて、痛さのあまり悲鳴をあげた。

惑星ブガクリスの南半球にある卓状山地の麓《ふもと》にはナラーが生息する。その毒蛇に咬まれたと思ったのだ。

毛穴から冷や汗が吹きだす。ナラーの毒は数秒たらずで人間を死にいたらしめる。コヴァルは運を天にまかせるように、茫然としてその場にしゃがみこんだ。

けれども、すぐに正気にもどった。自分が故郷のブガクリスではなく、故郷から想像もできないほど遠くはなれた惑星フェニックスにいることを思いだしたからだ。

その瞬間、前兆の印を刻まれた男は重要なことに気づく。

それは、フェニックスのジャングルには、ブガクリスの爬虫類と同じくらい危険な肉食植物が生息するということ。

コヴァルはしゃがんだ体勢のまま振りむくと、そこにあるものをつかんだ。フェニックスの夜空は球状星団M－３０の星雲におおわれ、晴れた昼間の空と同じくらい明るい。そのおかげでコヴァルは、鋭利な筒状の棘《とげ》を持つ肉食植物が、吸血植物であることに気づいた。マンダレーのインフォ・サービスによると、その肉食植物は人間の肉を食べるのではなく、血を吸うのだという。

コヴァルは即座に植物を根から引きぬく。その勢いで、あやしい花の下から出ている棘がふくらはぎから抜けた。すぐに二個所のちいさな傷口から血が噴きだし、ズボンを真っ赤に染める。刺さった棘から血管内に放出された酵素が血をかたまりにくくさせていた。

激怒したコヴァルは植物を地面に投げつけると、半分血で満たされた吸引袋を踏みつぶした。そしてズボンからシャツの裾《すそ》を出して引き裂くと、それでふくらはぎの傷口を強く縛った。

血がとまると、コヴァルは安堵のため息をつき、確実に安全な枝を見つけて、それを杖がわりにして立ちあがった。

周囲を見まわす。

遠くはなれた眼下に、小都市マンダレーの町の光がかすかに見える。そのほとんどは建物のなかからもれでている光で、自由商人の集会ホールがある中心部にしか街灯はない。

ときおり流れてくる音楽以外は、なにも聞こえない。コヴァルがいまいる場所と町のあいだにあるジャングルのなかも比較的しずかだ。すくなくとも、追っ手が近づいてくるような音はしない。とはいえ追っ手は徒歩ではなく、グライダーでやってくるにちがいない。

コヴァルはかぶりを振って、その考えを振りはらった。

そもそも、だれに追われるというのか？

自分が消えたところで、だれも困らない。フェニックスの自由商人たちの世界にも、タルカンの世界にも自分は属していないのだから。

〝テラの子供たち〟と呼ばれる部族が住む惑星ブガクリスの卓状山地こそが、自分の世界なのだ！

コヴァルは首をうしろにそらして夜空をおおう星雲を見あげた。フェニックスにはふたつの衛星がある。大きいほうの衛星である三日月形のステュクスが、天頂の真下で青白く光っている。

そのときコヴァルが夜空を見て、いかに異質な世界にいるかに気づけていたなら、ここで失われた故郷のかわりになるものを見つけるのは無理だと悟っただろう。

しかし、結果は正反対だった。

コヴァルは歯をむき出して衛星に向かって吠え、ふたたび地上に目を向けると、ジャングルの奥へと入っていった。

目的地を見ずとも、進む方向は明らかだ。ただ、なだらかな勾配を登るだけでよかった。

というのも目的地はボニン大陸の内陸部に位置する、見落とせないほど巨大な山脈だからだ。標高六千五百メートルのその山頂は万年雪におおわれていた。

*

ペリー・ローダンが自宅のコンピュータの電源を切って背筋を伸ばす。疲れていた。コンピュータはマンダレーと宇宙港にある自由商人の主コンピュータに接続されている。ローダンはそこからデータを入手し、比較をおこない、銀河系の現状についてあらたな知見を探っていた。しかし、これまで同様、データのすべてが不完全であるために有益な結論を導きだせないでいた。

そんななか、クロノパルス壁突破計画にゴーサインが出された。それは《シマロン》と《ブルージェイ》で、銀河系を包囲する壁を突破するという危険な計画だ。計画の準備はほぼ終了していた。

ジェフリー・アベル・ワリンジャーが開発し、アンブッシュ・サトーが完成させたパルス・コンヴァーターをもちいれば壁は突破できるだろう。その有効性は事前テストで証明ずみだった。テストでは、《シマロン》から三機の探査機がクロノパルス壁に向けて発射され、それらは問題なく壁を通過した。探査機のひとつはのちに爆発したが、それは壁の五十光年先で起こったことであり、バリアの遅延作用によるものではないと考えられた。遅延作用であったなら、進む距離に関係なく、どの探査機も爆発したはずだからだ。

とはいえ探査機の爆発により、クロノパルス壁をこえたその先、つまり銀河系のなかに第二のバリアがあるという仮説が裏づけられることになった。

ローダンは立ちあがると、もの思いにふけりながら肩をおとす。

遠征に出れば、第二のバリアの正体がわかるはずだ。だからこそ強引に壁に突入するのではなく、慎重にことをすすめるべきなのだ。

ローダン同様、遠征隊員のだれもがそう考えていた。必要以上の危険をおかす必要はない、と。けれども、それなりの覚悟は必要だった。

ローダンは自宅のコンピュータに背を向ける。これ以上、夜更かししたくなかったからだ。数週間、睡眠不足がつづいていた。遠征計画の細部が気になり、その長所と短所を見つけては考えこむため、ぐっすりと眠ることができない。

きょうはもう終わりにするぞ！　ローダンは強く自分にいいきかせた。考えすぎはからだによくない。

寝室に入ろうしたそのとき、ケーブル・ヴィジフォンがしずかに鳴りはじめた。

現地時間と標準時間が表示されている、光るクロノグラフに目をやる。午前零時数分前。手で合図して、ケーブル・ヴィジフォンのサーボ部分に受信の許可をあたえた。

すぐに、ヴィジフォンの画面が明るくなる。

「ブリー？」ローダンは旧友の立体カラー映像を見て、驚きの声をあげた。

「夜分遅くにすみません」レジナルド・ブルが謝った。「まだ昼着を着ていらっしゃるところを見ると、起こさずにはすんだようですね」

「あと一分遅ければ、起こしていただろうよ」と、ローダン。「で、どうしたんだ？」

「エイレーネがとり乱しています」ブルが感情をこめずにいう。「彼女のお気にいりの男が失踪し、見つからないので大騒ぎをしています」

「コヴァルとの関係については、みんなが承認ずみだ。だからエイレーネが全面的にかれの面倒を見るべきだ」

「そう、わたしもエイレーネにいいました。でも、彼女はコヴァルが自殺するかもしれないと心配しているのです」

「ホームシックのせいってわけか」ローダンが不機嫌そうにいう。「だが先日、エイレーネには、数日中にコヴァルをブガクリスに送りとどけると約束したんだ。いっしょにいきたければ、いけばいいと。もちろん、父親としては娘にいってほしくはないけれども」

「わたしも同じ気持ちです」ブルが共感する。「ブガクリスへの飛行は学校の遠足ではありませんから。ハンガイ銀河を航行するすべての船はつねに危険にさらされています。二百万光年近くはなれた宙域で、サショイ帝国のＩＱハンターに襲われても、だれも助けてくれませんから」

「そのとおりだ。娘は本当に困ったロマンチストだよ。教師としての役割を超えて、こんどはジャングルでターザンの伴侶《はんりょ》になる気なんだ」

　ブルの顔に笑みが浮かぶ。

「父親が心配するのは当然です」おだやかにいった。「しかし、そこまで心配する必要はないと思いますよ。エイレーネはそれほどおろかではありません。自分が望んでいることと、自分にとってベストなことのちがいを心得ています。ミニ・ターザンを伴侶にしたいとまでは考えていないでしょう。それはまったくの論外ですから」

　ローダンは安堵のため息をつき、感謝の気持ちをこめて友を見つめた。

「きみのおかげで不安がやわらいだよ、でぶ」

「エイレーネの不安もやわらげられればいいのですが……。わたしを問いつめたあとに、町じゅうを探しまわるといって、ひとりで出ていったのです。でも、いまはだれもエイレーネをリポートできません」

ローダンが眉間《みけん》にしわをよせる。

「きみはいま、どこにいるんだ？」

「宇宙港です。探知結果の評価中なのです。複数の自動探知システムが、三十光年先で未知の飛行物体をとらえました。ふたつの物体が出現し、消えたかと思うと、こんどは三つの物体があらわれました。おそらく、それらはまだ通常空間にいます」

「おそらく、とはどういうことだ？」ローダンが背筋を伸ばしてたずねる。

「探知映像の画質が悪かったのです。評価シントロニクスが、内部干渉による探知システムの誤作動を疑うほどひどいものでした」

「それらはサトラングの亡霊船なのか？」

「その可能性はあります。こちらの正体が相手にばれないよう、探知システムの感度を制限する予防措置をとったので、たしかなことはいえません。わたしの提案で、町と宇宙港のあいだの転送機の運行も停止しました。もちろん、スタッフはいつでも出動できる態勢でいるよう指示されています。ですからいまはみな、ケーブル接続の通信機のそばからはなれられない状態なのです。残念ながら、エイレーネを探している場合ではありません」

「わかった」と、ローダン。「娘のことはわたしがなんとかする。だが、定期的にきみに連絡する。謎の宇宙船に関する情報は知っておきたいからな。ありがとう、ブリー！」

「どういたしまして」レジナルド・ブルはそういって、いたずらっぽく笑った。けれども接続を切る前には深刻な表情にもどっていた。

しかし、ローダンも深刻な面持ちで薄手のブルゾンを羽織ると、家を出て地上車に乗りこんだ。ローダンが深刻に考えているのはエイレーネのことではなかった。マンダレーはかつてのテラの都市同様、安全な町だ。娘が事件に遭遇するとは思えない。もちろん、娘がコヴァルを心配するあまり規制を破って、女性立ち入り禁止の異人クラブに侵入しないとはかぎらない。ＮＧＺ一一〇〇年代の自由商人は、ひろい範囲でさまざまな規制を定めていた。それは局部銀河群のほぼすべての種族を網羅する多種族組織の秩序をたもつためだった。

　よってローダンにとって目下深刻な問題は、エイレーネではなく、三十光年先にあらわれた謎の宇宙船だった。

　自由商人の拠点であるフェニックスはつねに脅威にさらされている。セレス星系にあるこの惑星にとって、カンタロから目をつけられることは、死刑判決をくだされることと同じだ。というのも、見つけた敵は殲滅《せんめつ》するまで攻撃するのがカンタロの特性だからだ。

サトラングの亡霊船が探知されたということは、カンタロがセレス星系に近づき、フェニックスを発見する可能性が高まっていることを意味する。もちろんフェニックスでは、この高度技術社会の存在を外部に知られないようにするための安全対策が講じられている。たとえば光速無線通信だけでなく、通常速度の無線通信も禁止されている。そのおかげでフェニックスから放射される電磁波のスペクトルが、ラジオやテレビと同じ周波数帯域で突然、非熱的なピークをしめすことはない。しかし、フェニックスではおもに核子力による発電がおこなわれているため、高性能の探知システムにより集中的にスキャンされれば発見される可能性は高い。

それでも核子力発電を停止することはできない。なぜならつねに出動態勢にあるフェニックスの宇宙船がその電力に依存しているからだ。ということは、マンダレーと宇宙港間の転送機の振動が何百光年先から探知されうるからといって、レジナルド・ブルがその使用を禁止しても、最大の危険物があることに変わりはないのだ。もちろん、転送機に使用されている対探知効果のある吸収材が、カンタロの探知機にも有効かどうかはだれにもわからない！

もし探知された宇宙船がカンタロのものだとしたら、その出現はまったくの偶然だったのかもしれない。最初に出現した二隻の宇宙船が探知システムにより検知されたあと、すぐに姿を消し、そのあとに三隻の宇宙船があらわれたことを踏まえると、カンタロはその二隻の宇宙船を追跡していて、偶然、セレス星系に接近したと考えられる。これまでに何度も知的生命体が住む惑星が、そうした偶然によって敵に発見されたことがあった。

今回、フェニックスは発見をまぬがれたかもしれない。とはいえ、この惑星が危険にさらされていることが明らかとなった。自由航行者たちがこれまでほとんど子孫をのこさなかったのは、昔からその危険性に気づいていたからだ。

フェニックスの未来には暗雲が立ちこめている。

ローダンは気をとりなおすと、バッテリー駆動の地上車を発進させた。

「防御態勢はもう終わりだ！」と、怒声をあげた。

「攻撃こそが最良の防御だ」

＊

マンダレー郊外にあるマゼラン通りを抜けると、三十メートル先にクラブの明るい窓が見えた。そこでエイレーネは足をとめた。

みずからいったことはなくても、イラワディ・リバー・クラブのことはよく知っている。ブリーとロワがよく話題にしていたからだ。

イラワディ・リバー・クラブ、通称ＩＲＣは、いわゆる〝罪深い〟ナイトクラブで、フェニックス原産のサボテンからできた蒸留酒〝クアラ〟をひそかに提供している。その酒を飲んだ人はときに見えないものが見えるようになるという。

エイレーネは口にしないまでも、そうした嗜好品をドラッグの一種と見なしていた。しかし、父やアトランやロワに禁酒を勧めたりはしない。それほどの寛容さは持ちあわせていた。

ちなみに、自由商人のような局部銀河群の既知と未知の文明からなる複合組織が、つねに不安定な状態にあるのは、各種族がそれぞれの社会システムや世界観や利害に固執《こしゅう》し、寛容さを持ちあわせていないせいだ。共通の敵が存在するという脅威だけが組織を存続させていた。

エイレーネは息をひそめて身をかくす。身動きひとつせずに、ウンバルの木陰からＩＲＣの窓と装飾された入口を観察する。

コヴァルはここにいるのだろうか？

ブガクリスからきた〝前兆の印を刻まれし者〟を心配せずにはいられない。そんな自分がブリーから変に思われていることもわかっていた。ふだんの自分なら、こんな無謀な行動には出なかっただろう。しかし、最近のコヴァルはホームシックをかかえているだけでなく、トラウマをかかえ、それを抑圧しようとするあまりノイローゼになりかけていた。そんなようすを見ていたからこそ心配でたまらないのだ。

そうした状態は、本人にとっても、周囲の人々にとってもよくない。悲惨な結果をもたらすおそれがあった。

ブガクリスに帰れば、トラウマが解消される可能性は高いにちがいない。だからエイレーネは父が用意する船でコヴァルをブガクリスへ送りとどける決意をした。けれどもその矢先にかれは姿を消したのだ。

コヴァルが意図的に行動しているのか、それとも自分の行動に責任を持てないほど錯乱しているのかは不明だ。とはいえ、そんなことはいまは重要ではなかった。かれを見つけて帰郷を提案することが先決だからだ。そうしなければ、この先なにをしでかすかはわからない。

イラワディ・リバー・クラブがしずまりかえると、エイレーネはウンバルの木陰をはなれ、道の端をとおってクラブに近づいた。店がある高台は三方が高さ四メートルのキャンデリー・ヒノキにかこまれている。

店の左側にあるちいさな駐車場には、十一台の地上車が停められている。人の気配はない。

エイレーネは不安をはらいのけると、覚悟を決めてクラブに向かう。ふだんの自分ならクアラを提供するようなクラブに入ることはありえない。しかし、コヴァルへの思いのほうが嫌悪感よりも強かった。

コヴァルがクラブにいるのだとしたら、酒に酔った自由航行者たちと気晴らしをしているのか、それともクアラを飲んで未来のヴィジョンを見ようとしているのか知りたかった。エイレーネは、クアラやそのほかの手段を使って超感覚的知覚を獲得することは可能だと思っていたが、その危険性も知っていた。とくに生まれつき超能力者でない者は気をつけなくてはならない。

エイレーネはクラブの入口へとつづく階段の下でしばらく立ちどまると、気持ちをおちつけて階段をのぼった。ウンバル製のドアにほどこされた青銅製の浮彫装飾に触れると、内側にあるシントロニクス制御サーボが反応してドアがゆっくりと開いた。

喧騒《けんそう》とアルコールのにおいに圧倒されて、一瞬たじろぐ。それを表情には出さないようつとめる。

そして平静をよそおって、重厚だが、少々田舎風の豪華な調度品が置かれているホールに入った。そこでは、テラナー、火星人、プロフォス人、エルトルス人、オクストーン人、ツァリト人、アラス、ウニト人などのギャラクティカーが、さまざまなかたちの椅子にすわってくつろいだり、踏み台と手すりがついたカウンターの前で立ち話をしたりしている。バルタク人やシンポスト人やカミルやトクルント人など局部銀河群のほかの銀河の種族の代表たちもそこに交じっていた。

エイレーネはひと目で女性の知的生命体が立ち入り禁止であることに気づき、唇を噛んだ。目の前には男性と両性具有者しかいない。

エイレーネがあらわれると、にぎやかだった場がしずまりかえった。全員の目と触角とセンサーがいっせいにエイレーネに向けられる。クラブの責任者らしき人物は、カラフルなオーヴァオールを着た正方形のエプサル人だ。ハゲあたまの上でグリッシュを飼っている。グリッシュとはヒューマノイドの赤ん坊の手のようなかたちをした無害な共生生物で、それらがおちつきなく広間のなかを飛びまわっていた。

エイレーネは責任者がエプサル人でよかったと思う。古代のテラナー移民の子孫であるエプサル人は、極限世界に適応して外見は変化したものの、メンタリティーはテラナーとほぼ変わりないからだ。

「エイレーネ・ローダン！」エプサル人はあえてローダンの名前を出した。客からの非難を避けるためだ。客はみなペリー・ローダンを知っている。女性がその娘であれば、敬意をはらうと思ったのだ。「わたくし個人としては、こんなところまできていただけたことを大変光栄に存じます。しかしながらクラブにとってはそうではありません」

エプサル人の気の利いた対応に感謝し、エイレーネはうなずいた。

「わたくしはホラム・ルドと申します」エプサル人があわててつけくわえる。

エイレーネはしばし沈黙する。

「もしかして《クレストⅡ》と《クレストⅢ》の艦長だったカルト・ルドの親戚なの？」と、突然たずねると、安心した表情を見せた。

「わたしは、その玄孫《やしゃご》のようなものです」カルト・ルドは満面の笑みで答えた。

エイレーネはそのときはじめて、カルト・ルドが二千三百年以上も前に《クレストⅡ》の司令官であったこと、エプサルではほとんど忘れられた存在であることに気づく。

「ローダンのお嬢さまが、なぜこんなところにいらしたのですか？」バアカウンターの最上段に立つトクルント人が、黒いチューブで銀のゴブレットに入った透明な液体を飲みながらたずねた。

エイレーネはトクルント人のほうに顔を向けて答えた。

「情報を得るためよ。わたしがいまお世話をしている男性がいなくなってしまったの。その男性の名はコヴァル・インガード」

「あのブガクリスの〝蛮人〟！」火星人が自分の席から叫んだ。「こんなところにはきておりませんよ、お嬢さま」

「たしかにインガードはきておりません」ルドも断言する。

「入ってくる勇気がなかっただけですよ、ホリー」トクルント人がしわがれ声でいった。

「ここにきたときに、コヴァルが外をうろついているのを見ました。きっとジャングルに入ったのだと思います。そちらの方向に向かっていましたから」

エイレーネはトクルント人を観察する。身長は四十センチメートルほどで、横幅も同じくらいの長さしかない。〝ヤギの顔〟と六本の指がついた漆黒の手さえなければ、そのふくよかな男は生きている仏像に見えただろう。

「申しおくれました。エシュクラル・ノグヒム・ドラグスと申します」トクルント人は完璧なインターコスモで話した。「巡航船《クレイジー・ホース》のシントロニクス・スペシャリストです。あだ名はベックリン」

「情報をくれてありがとう、ドラグス」エイレーネは礼をいった。「おじゃましてごめんなさい。では、おやすみなさい」

「待ってください。ジャングルにはいかないでください！」そういってカルト・ルドはドアに向かうエイレーネを追いかけた。「危険がいっぱいです。ゼン・トカゲ、吸血植物、ニニシャの群れがいます。とくにたちが悪いのが大地の精霊です」

けれどもエイレーネはその話を聞いていなかった。コヴァルはブガクリスの山中にいるような気分でフェニックスのジャングルに入り、すべての危険を熟知しているかのごとく行動しているのだ。そう思うと心配でたまらなかった。

実際、ブガクリスの山々とフェニックスのジャングルは、テラの南極大陸と火山のなかほどちがっていた。

2

バス＝テトのイルナがセラピー・フィールドのなかに浮かんでいる。それはテルコニットのように頑丈なフィールドだが、そのなかでは、雲に乗っているようなおだやかな感覚を味わうことができる。

イルナはその透明なフィールドのなかから、ヴィデオプラスト・プロジェクターにうつしだされた幻想的で美しい庭の景色を眺めている。それはブルーの恒星アコンの第五惑星スフィンクスにあるバス＝テト家の宮殿の映像だった。

「イルナ、なぜ黙っているのですか？」シントロニクス心理療法士のレシュトロンがたずねた。「悩みを打ちあけてくれなければ、あなたを助けることはできません」

アコン人は話したかったが、黙っていた。

イルナはヘラの窪地の影響領域で、超高周波のハイパー放射線にさらされた。その放射線は境界変調によりもたらされたもので、彼女のプシ能力に影響をあたえるものだった。しかし、それから何カ月もたち、病は回復しつつあった。

《ツナミ＝コルドバ》のもと首席艦医の神経プシオン学者ロドニナ・コスナトロワは、イルナの神経プシオン・オーラに基礎的な障害があるとの診断をくだし、深層睡眠による治療をおこなうことを決めた。

イルナはその診断結果に驚いた。もちろんロドニナの診断は、従来の神経プシオン学の観点から見ると正しい。けれども、それはヘラの窪地の強力なハイパー放射線が、イルナの精神力と免疫力を極端に低下させた根本的な原因を明らかにするものではなかった。

とはいえ、コスナトロワがその原因を究明できないのは当然といえば当然だった。なぜならグッキー以外は真実を知らないからだ。

崩壊寸前のブガクリスの秘密基地から瀕死の状態で《カルミナ》に運ばれ、医療深層睡眠タンクで治療中の忠臣、ナート人のタヴールの容態がいっこうに改善しないことに、イルナはずっと心を痛めていた。

それだけでなく、同じ船の医療深層睡眠タンクで治療中のオクリルの赤ん坊、かつての相棒オクストーン人のファウナマイスターの名にちなんでイルナが名づけたチャトマンのこともイルナの悩みの種だった。このオクリルのファイターは、相棒のオクストーン人、カマシュ人のトヴァリ・ロコシャン、その世襲神ルログとともに、惑星パガルで爆発した物質シーソーのハイパーエネルギー波に飲みこまれた。けれどもそのさいに、自分の胎内で成長させた赤ん坊をハイパーエネルギー・インパルスとして放射し、《カルミナ》の医療深層睡眠タンクに〝預けた〟のだ。その方法はきわめて謎だった。当時、イルナにはそんなことが可能だとは信じられなかった。しかし、銀河系船団やフェニックスのシントロニクスの記録をもとにした調査の結果、オクリルはみずからの体内からほかの場所に子孫を移動させられることがわかった。それどころか、ほかの生物の体内にうつすことも可能だという。たとえば数千年前には、オクリルのシャーロックの赤ん坊が、《アンドロテストⅡ》の伝説の船長パヴェル・コトラノフ大佐の体内に移動させられたことがあった。

イルナはそうした事実を甘んじて受けいれるほかなかった。

しかし、タヴールを救出したブガクリスの秘密基地のことだけは、まだ気がかりだった。あの基地が本当に全壊したのかどうかが定かではなかったからだ。

イルナがおぼえているのは、タヴールがエネルギー放電を受けて致命傷を負ったあと、目の前の基地が崩壊し、粉塵《ふんじん》と有毒な霧のなかに消えはじめたことだけだった。

しかし、それが秘密基地が全壊したことの証拠になるだろうか？

実際、秘密基地が全壊したというのは、イルナの思いこみにすぎない。〝この基地のすべてがおまえの道連れとなるのだ！〟……秘密基地の分子脳がいったあのひとことが、イルナにそれを信じこませたのだ。

「イルナ、なんでも話していいのですよ」精神分析医兼セラピストのロボットがおだやかな口調でイルナに語りかける。「わたしは有機生命体のセラピストと同じように守秘義務を負っています。内容を他人にもらすことはけっしてしません」

イルナはロボット・セラピストのはげましに応えて、秘密基地が全壊したか否かを気にしていることを打ちあけた。けれどもタヴールとチャトマンのことは黙っていた。

イルナが話し終わるとレシュトロンがいった。

「グッキーが崩壊寸前の秘密基地の混乱のなかから、あなたを救ってくれたのです。その後、その基地が全壊した可能性もありますが、たしかなことはわかりません。ブガクリスに使者を送って現場を調査させることでしか、それをたしかめることはできないでしょう」

「わたしもそう思ってる」イルナはあらたな決意をかためつつ答えた。「だからできるかぎり早くブガクリスに行きたいの」

「無理は禁物《きんもつ》ですよ、イルナ」ロボットが注意する。「ロドニナ・コスナトロワが出した診断結果によると……」

「その内容は誇張されているわ！」イルナが怒って答えた。「わたしは身体的にも精神的にも完全に健康をとりもどした。自分の自己治癒力については、わたし自身がいちばんよく知っている！　セラピーを中断して治癒証明書を作成し、わたしを退院させて！」

「治癒した証拠がまだありません」レシュトロンは答えた。

「では、わたしが自己責任で治療を中断したとして報告書を作成して」イルナがせがむ。

「セラピーはもう必要ない」

ロボットはプログラムにしたがい、しぶしぶそれを承諾した。

まもなくイルナは、セランを着て《カルミナ》の船内クリニックの小病棟を出た。そのセランは、ブガクリスで修復不可能な損傷を受けた高性能スーツのかわりとして、それ以来着ているものだった。

*

バス＝テトのイルナはアトランが待っていることを知りつつも、すぐに司令室にはもどらない。それほど心配はされていないことを知っていたからだ。数週間前に船内クリニックを退院し、シントロニクス精神分析医兼セラピストによる毎日一時間半の〝外来セッション〟も受けおえていた。

イルナは司令室ではなく《カルミナ》の中央デッキにいき、生命維持室を訪ねる。さまざまな大きさの、蜂の巣状の医療深層睡眠タンクがならべられているそのキャビンは、船内クリニックの病室とは似ても似つかない。

イルナは薄暗いちいさなキャビンにあぐらをかくと、もの思いにふけりながら高級メタルプラスティック製の六角形のカバーを見つめる。その背後に、忠臣が医療深層睡眠状態で横たわっているのだ。

〝さすらいの騎士〟であったナート人のタヴールは、紆《う》余《よ》曲折をへて惑星ブガクリスに不時着した。そして秘密基地でイルナと戦うことになる。しかし、彼女の説得により考えをあらためたことで分子脳の影響力から解放され、忠臣に転身したのだ。

「どうして、こんなことに？」イルナがささやく。そのささやきには言葉どおりの意味以上のものがふくまれていた。

タヴールは返事をしない。

イルナは目を閉じてゼロ夢を見ようとする。ゼロ夢のなかでは物質的な障害がなくなるため、忠臣が横たわる医療深層睡眠タンクに〝入る〟ことが可能だ。

しかし、またもやうまくいかない。ヘラの窪地での〝事故〟以来、失敗をくりかえしていた。

十分間試みてあきらめたとき、イルナのからだは汗まみれだった。今回も失敗するなんて信じられなかった。なぜなら精神的には完全に回復したと自分では感じているからだ。どうやら期待に反して、事故の副次的な作用がまだゼロ夢を見る能力を妨げているらしい。

そこでイルナはペドトランスファー能力を使って、オクリルのチャトマンの意識にアクセスしようと考える。しかし、ペド能力がうまく発揮されずに、オクリルの赤ん坊に危害をおよぼすおそれがあるため断念した。そうした危険性を過小評価してはならない。というのもチャトマンはただでさえ危険な状態にあるからだ。トラウマをかかえ、それが不定期にはげしい痙攣《けいれん》をひきおこしていた。

イルナは立ちあがると、制御コンソールのいくつかのスイッチを操作する。タヴールを医療深層睡眠タンクに預けたときにグッキーがしてくれた操作を思いだしながら設定をもとにもどした。

六角形のタンクカバーの上のグリーンのモニターが光をはなつ。けれども、そこにはタヴールの姿はうつしだされていない。自動蘇生システムを作動させれば、その姿を見ることができるが、それは患者に致命的な危険をおよぼすおそれがあるためできない。しかし、表示されているデータを見るかぎり、タヴールの命の炎が消えていないことはたしかだ。

忠臣はまだ生きている。

とはいえ、そこに表示されているデータは、タヴールが深層睡眠状態にあり、過冷却されて体温が極限まで下がっていることをしめしているにすぎない。こうした状態から回復するには時間がかかる。けれども時間がかかることを苦痛に感じるのは、患者の回復を待ち望む部外者だけだ。意識のない患者は待つことを苦痛に感じない。死の危険性からも守られている。グッキーによると、《カルミナ》の医療深層睡眠タンクはクエリオンの技術を駆使してつくられているため、死者さえもよみがえらせることが可能だという。

イルナはため息をつくと、操作履歴をふたたび非表示にした。

そして、タヴールとオクリルの赤ん坊のことをアトランに打ちあけなかった理由をまた考えはじめた。

しかし、その答えはいつも同じなのだ。さすらいの騎士のナート人にとって無力さを他人の目にさらすことは恥だ。イルナはタヴールからそれを聞かされていたために事実をかくしてきた。もちろん、事実を知ったアトランがナート人の名誉を傷つけたりしないことは明らかだ。とはいえタヴールとは、かれ自身がほかの知的生命体とすなおに向きあえるようになるまではだれにも正体を明かさないという約束を交わしていた。衝動的に交わされた約束ではあったが、それを守る義務が自分にはあるとイルナは感じていた。

そのすべてが答えだった。

グッキーもタヴールと同じ約束を交わし、それを厳守している。

「親愛なるわたしの騎士よ、さようなら！」イルナはそうつぶやくと、生命維持室を去る前にもう一度タンクのカバーをなでた。「できるかぎり早く、ブガクリスにあった基地の秘密を明らかにすると約束するわ。そうすれば、あなたの回復も早められるかもしれない」

イルナは心のなかでオクリルの赤ん坊、チャトマンにも別れを告げる。ただし、オクリルの赤ん坊については考えすぎないよう気をつけた。自分の思考がなんらかの悪影響をあたえることをおそれたからだ。

数分後、イルナは《カルミナ》の司令室にいた。そこにはアトランしかいなかった。

*

「やけに冷たいね」アトランはバス＝テトのイルナを抱きしめると心配そうにいった。「あの精神分析医のロボットのせいでイラついているのかい？」

「それもあるわ」イルナが正直に答える。「わたしはもう完全に健康だというのに、無理は禁物だといわれるの」

アトランはイルナを目の前のシートにすわらせると、その向かいのシートに腰かけ、司令室の個人用サーボに合図を送る。

「イルナ、わたしも無理はしてほしくないと思っている」アトランはそういうと、サーボがひそかに準備したシャンパングラスがのったトレイをさしだした。

イルナのあとにアトランがグラスを手にとる。ふたり同時に口をつけると、ふたたびトレイにもどした。

「きみのオーラの乱れは、ほうっておいていいたぐいのものではないと思う」アトランが話をつづける。

「ロドニナの医療深層睡眠療法を受けていなければ、もっと早く回復していたはずだわ」イルナが予想以上にはげしく反発する。「ロドニナはわたしの自然治癒力を無視したのよ」

「あの女は少々意地が悪いと、わたしもいったじゃないか」アトランが辛口の発言をする。「でもロドニナは、しばらくのあいだきみを休ませたかったのかもしれない。そう考えてみれば、すこしは気持ちがおちつくんじゃないか？」

「そんなことで、だれかに腹を立てたりしないわ」イルナが反論する。頭のなかはべつの考えでいっぱいだった。「ロドニナの治療のことはもう忘れましょう！　考えることがもっとほかにあるの」

イルナはとり乱した自分をごまかすようにシャンパンをいっきに飲みほした。そして、アトランがグラスをあけるのを待ちながら気持ちをととのえるといった。

「ブガクリスにいたときに、山のなかで秘密基地を見つけたの」

イルナは返事を待つが、アトランは眉をひそめるだけでなにもいわない。

イルナは、友人であり恋人でもあるアトランが重要な場面ではけっして動揺しないことを知っている。だから、そのまま話をつづけた。

「わたしがその秘密基地を発見したのは、〝死者の三つの目〟のヴィジョンを何度も見たからよ。そのヴィジョンのおかげで、〝殺し屋陛下〟をふくむドラゴンを虐殺したあと、突然、なにかがわれわれにブラックアウトをひきおこし、虐殺行為をさせたんだってことに気づいたの。あのとき、われわれはみなパニックにおちいって、考えもなく致命的な武器でドラゴンを攻撃してしまったのよ」

　こんどこそはアトランも明確な意思表示をする。視線をイルナに合わせると優しくいった。

「ブガクリスの死者の目。その謎は解けたのかい？」

「あのときは解けたと思っていたの」イルナが苦々しげに答える。「でも徐々に、表面的な謎を解いただけで本当の謎はまだ明らかにされていないことに気づいたのよ。最近まで、秘密基地も、それを制御する分子脳も、自爆行為によって完全に破壊されたと信じていた。だからそれ以上深くは考えなかった。でも結局わたしが知っているのは、あの基地にいたときに自分のまわりのすべてが崩れて、有毒な霧と塵《ちり》になっていったことだけなの」

　アトランは理解をしめすようにうなずいた。

「わたしもきみの立場だったら、同じことを思ったにちがいない。そしてあとになって、いまのきみと同じように秘密基地の謎について考えつづけただろう……。つまり、あの基地と分子脳の一部がまだのこっているかもしれないと考えただろう。だから、またブガクリス行こうと思うんだね」

「できるかぎり早く！」イルナは叫んだ。「自分自身を見つけるために必要ななにかが、そこにかくされているような気がするの」

「謎めいたことをいうな」アトランが驚きながらいう。「きみの出自については、以前すべて聞かせてもらった。だからこそいわせてもらうが、ブガクリスにきみの出自に関する秘密があるとは思えない」

イルナから無言で冷たい視線を浴びせられると、アトランはつづけた。

「でもだからといって、きみがまたブガクリスに飛び、あの基地の秘密を探ろうとするのをとめるつもりはない。エイレーネがもうすぐコヴァル・インガードを故郷のブガクリスへ送りとどける予定だ。飛ぶならいまが絶好の機会だ。でもわたしは同行できない。《カルミナ》とともにここにいなくてはならない。ペリーが《シマロン》と《ブルージェイ》でクロノパルス壁の突破を計画しているからだ。わたしはここで待機することになっている」

イルナの表情が一瞬明るくなったが、アトランの説明が終わると暗くなった。

「《カルミナ》はここをはなれられないの？」イルナが冷静にたずねる。「つまり、わたしはべつの船でいかなければならないと？」

「《カルミナ》はクエリオンの技術の産物だ」アトランが真剣な表情で説明する。「敵から攻撃された場合は、フェニックスの自由商人の生死は《カルミナ》にかかっているといってもいい。だからいまここをはなれるわけにはいかない。だが、オクストーン人のリオン・ウィングひきいる《クレイジー・ホース》も優秀で強力な自由商人の巡航船だ。あすオーヴァホールを終えて、テスト飛行を兼ねた偵察飛行からもどってくる」

「それは知っているわ」イルナがしずかに答える。「グッキーとヌリアも乗船しているから」

　アトランがほほえむ。

「ヌリアもブガクリスに同行させよう。期間限定のエンジニアとして《クレイジー・ホース》に乗船させるんだ」

「それはいいアイデアね」イルナは無表情で答えた。もちろん困難な遠征をともにしたことがあるヌリア・ガイ・ツァヒディは好感が持てる女性だ。その能力も評価していた。

「でも、あなたにいっておきたい秘密がまだあるの」

「秘密……とは？」アトランは妙なふくみをもたせてたずねた。

イルナはそれを気にせずにおちついて説明をはじめる。

「でもその前に、この秘密はあなたの胸の奥にだけしまっておくと約束してちょうだい」

　アトランがイルナを見つめる。

「大げさにいっているように聞こえるが、きみがそういうことをいう人ではないことはよくわかっている」アトランが慎重にいう。「だが今回の件については、感情的になっているように見える」

「そうよ。無力で、絶望してもなお誇り高き人物が、わたしの感情に訴えたからよ」そこでイルナは突然、てのひらで額を押さえた。「ダメ、約束は破っちゃいけない！」イルナが大声でいった。「どうしたらいいの？　あなたにかくしごとをするのはいや。でも良心の呵責《かしゃく》が……」

　アトランは立ちあがってイルナの手をつかみ、自分のほうに引きよせると笑みを浮かべていった。

「きみがわたしに秘密を打ちあけることと、わたしがいわれなくてもきみの秘密を知っていることはまったくべつのことじゃないかな？」

　イルナが目を見開く。

「もちろんよ！」そういって安堵の表情を浮かべる。「あなたにはなにもかくしとおせないことはわかっていたけれども……」

そして顔をしかめた。

「でも緊急事態時以外に、あなたが《カルミナ》の医療深層睡眠タンクを確認しているところなんて見たことがないわ。あのタンクは整備する必要もないし。だってあれは……」

「……クエリオンの技術だから」アトランがかわりにつづけた。「マット・ウィリーに埋めこまれた、きみのペド・エネルギーが突然もとにもどってÜBSEF定数が破壊されかけたことをおぼえているかい。あのあと、わたしは最悪の事態を恐れて、きみを生命維持室の医療深層睡眠タンクに数時間入れようとした。それはきみにも話したはずだ」

そしてしばらく沈黙すると、つけくわえた。

「もちろん、その方法を思いついたとき、すべての医療深層睡眠タンクをチェックした。そこでタンクの不正利用に気づいたのさ。あるタンクには半死半生のナート人が、べつのタンクにはオクリルの赤ちゃんがいた」

そこでアトランがかぶりを振る。

「ショックだったよ。自分の船に瀕死の密航者が乗っていたなんて！　でもそのとき、タンクの操作を習得しているのはきみだけだと気づいた。だから気づかないふりをすることに決めたんだ」

イルナがアトランの顔色をうかがう。

「わたしがあなたを裏切るつもりで、ナート人とオクリルの赤ちゃんを生命維持室に置いたとは考えなかったの？」イルナがアトランの本心を探るようにたずねた。「なぜ、そうではないと確信できたの？」

「確信はなかった」アトランは正直に答えた。「わたしの理性は確信が持てないといった。わたしの論理セクターも同じ判断をくだした。しかし、わたしは理性だけでなく、感情も持ちあわせている。わたしの感情が、きみを信じろといったのさ」

イルナはうなずき、愛おしげにアトランを見つめた。

「でも、USOの提督としてのあなたなら、部下に感情にしたがえとはいわなかったでしょう」ほほえみながらいう。「むしろ、禁止したはずよ」

イルナは返事をしかけたアトランの唇に指を当てる。

「ようやく、あなたにすべてを打ちあけるときがきたわ。秘密がばれてしまった以上、これまでの経緯をぜんぶ話すしかないわね」

イルナはためらうことなく、グッキーとともにブガクリスの秘密基地で体験した出来ごとについて語った。ナート人のタヴールとの戦い、そのさすらいの騎士が彼女の忠臣になった経緯、そしてそのことをグッキーとともに秘密にしようとした理由を話した。

イルナが話し終えると、アトランはしばらく黙っていた。

「わたしがきみの立場なら同じことをしただろう」と、ほほえみながらいう。「まずは、ナート連合のさすらいの騎士がきみの忠臣になったという事実を受けいれなくてはならない。ナート人は名誉心が強いことで知られている。ナート人をほうっておけないというきみの気持ちも理解できる。回復をうながすためには、すくなくともゼロ夢のなかでくりかえしかれに会う必要があるだろう。もちろん、きみがふたたびゼロ夢を見る能力をとりもどすことができればの話だが……」

「それはまだ無理なの」イルナが悲しそうにいった。「能力をブロックしているものを早くはずしたい。はずしたらすぐにタヴールに会いたい。だからこそ、かれを医療深層睡眠タンクに入れたままの状態でブガクリスに連れていきたいの」

アトランはうなずくが、タヴールを連れていくことには反対する。

「きみのゼロ夢を見る能力が完全に復活するのは、ブガクリス遠征から帰ってきてからだろう。ブガクリスまでの距離は長いが往復の飛行時間はそれほどかからない。なにしろ《クレイジー・ホース》は超高速ファクター六千五百で飛行できるのだから」

イルナが黙ったまま真剣な眼差しで見つめるので、アトランはあきらめてこう答えた。

「たしかに、飛行中のアクシデントも想定しなければならないね。わかったよ。忠臣を連れていけ！　さいわい、騎士が眠る《カルミナ》の医療深層睡眠タンクは《クレイジー・ホース》やほかの船の睡眠タンクのように複数の種類のエネルギーを補給しているわけではない。だから《カルミナ》からタンクをはずせば《クレイジー・ホース》にそのまま設置できる。移設工事は、時間もかからないだろう」

「ありがとう、アトラン！　でもチャトマンも連れていきたいの。オクリルの赤ちゃんはタヴール以上にわたしの注意が必要だから」

「わかったよ」アトランはイルナの赤銅色の髪をなでながらいった。「《クレイジー・ホース》がもどりしだい、必要な手配をする。でもフェニックスには、ナート人の騎士やオクリルの赤ちゃんよりももっと緊急にきみを必要としている人物がいることを忘れないでほしい！　無事に帰ってきてくれ、お嬢さん。できるかぎり早く！」

3

「娘はミニ・ターザンを追ってジャングルに入ったってわけか！」ペリー・ローダンは心配といらだちをあらわにしながらいった。

イラワディ・リバー・クラブでホラム・ルドと話をしていた。ルドによると、エイレーネはクラブにきて、エシュクラル・ノグヒム・ドラグスからコヴァル・インガードがジャングルにいったことを告げられ、追いかけていったという。

「彼女を引きとめることはできませんでした」ルドが説明する。その弱々しげな声は筋肉質の巨体とは対照的だ。

娘の気性が物質・反物質爆弾のようにはげしいことを知っているローダンは苦笑せざるをえない。

「娘が驚かせてしまって申しわけない」ローダンはホラム・ルドにあやまるとあたりを見まわした。「ところで、ドラグスはどこにいるんだ？」

「エイレーネが去ったあとすぐにクラブを出ました。おそらく護衛のために、あとを追ったのだと思います」

「ドラグスという名からして、エプサル人でもエルトルス人でもオクストーン人でもなさそうだ」と、ローダン。

「トクルント人です」ルドはそういうと、ドラグスの説明をはじめる。「かれの故郷であるトクルントは、マフェイ銀河1の恒星メッシュに付随する惑星だといわれています」

「マフェイ1だって?」ローダンが驚く。「ここから四百万光年もはなれている。どうやってフェニックスにきたんだ?」

「自由商人のメンバーは、局部銀河群のさまざまな銀河からやってきています」ルドがしわがれ声で答えた。「ベックリンがマフェイ1の出身であることが問題でしょうか?」

「ベックリン?」ローダンは愛想笑いを浮かべながらドラグスのあだ名を口に出すと、ため息をついた。「きみのいうとおり出身は問題ではない。で、きみはベックリンについてどう思う? まさかエイレーネに危害をくわえたりしないだろうな?」

「ベックリンにかぎってそれはありません!」クラブの主人は反論した。「道徳観をしっかりと身につけた、まともな男です。もう長いつきあいなので、それだけは確信を持っていえます。そうでなければ《クレイジー・ホース》の火器管制官にはなれません」

　ローダンが訊きかえす。

「《クレイジー・ホース》だって？　あの船はテスト飛行中であすまでもどってこないはずだ！」

「ベックリンは船長から数日間の強制休暇を命じられたのです。船が造船所にいるあいだ、戦闘力のアップグレードを担当し、丸一週間、昼夜問わず働いていましたから」

「ああ、その男か！」ローダンは叫んだ。「報告は聞いている。だが名前も、トクルント人だということも知らなかった。ようやく点と線がつながったよ。ありがとう、ホラム」

　ローダンが踵《きびす》を返して出口に向かい、ドアを開けようとしたそのとき、ホラム・ルドがいった。

「わたしがあなただったら、そんな無防備な状態でジャングルに入ったりはしませんよ。もう真夜中を過ぎました。ニニシャの群れが飛びまわっています。ニニシャはテラのコウモリのような小動物で、集団で行動します。歯が鋭く、凶暴で、人間ひとりなら数分で食べつくすことができるでしょう」

　ローダンの額から冷や汗が流れる。

「いまになって、そんなことをいうな！」エプサル人に向かって叫んだ。「娘はもう怪物の犠牲になっているかもしれないんだ。わたしが助けにいくしかない！」

「死んでしまいますよ！」ルドが警告する。「お嬢さんの第六感がすぐれていなければ、あなたといえども助けることは不可能でしょう。しかし、お嬢さんの勘が正しく働いて、身をかくし、じっとしているなら、ニニシャから襲われることはないはずです。なぜならニニシャは動かないものを認識することができないからです。いまお嬢さんを追えば、数百メートル先で殺されてしまいます。それがお嬢さんを危険にさらすことにもなります。あなたが苦痛の叫び声をあげれば、お嬢さんはかくれ場から出てきてしまうでしょう」

ローダンは悶々とする。

ホラム・ルドの助言は理解できた。だがフェニックスのジャングルにひとりきりでいるエイレーネが怪物にとりかこまれていることを想像するだけで心がひき裂かれそうになる。ローダンの感情は娘を追いかけろという。いっぽう理性は、なにもしないことがエイレーネを助けることにつながると冷酷かつ論理的に説明する。

ああ、ここにグッキーがいてくれたら！

しかし、ネズミ＝ビーバーはいま《クレイジー・ホース》のテスト飛行に同行している。ヌリア・ガイ・ツァヒディもエイレーネを救うことができる人物のひとりだが、彼女もまたテスト飛行に参加していた。

ほかにだれが娘を助けられるだろうか？

ローダンは振りかえってケーブル・ヴィジフォンを見た。

「どちらに、つなぎましょうか？」ホラムが親切にたずねた。

「《カルミナ》だ」ローダンはそう答えると、気持ちを切りかえて冷静になる。「でも自分でつなぎたい。コードはわかっているから」

ホストはうなずき、ケーブル・ヴィジフォンを作動させる。

ローダンは装置に歩みよると、長さ十センチメートルの定規のようなシントロニクス指令カードを開口部に入れ、手を後部の縁に押しあてて通信スイッチを入れた。

3Dヴィデオ映像キューブが明るくなると、そこにアトランの上半身があらわれる。

「やあ、ペリー！」そういったアトランから緊張感が伝わってくる。しかし、それを感じられるのは、アトランをよく知るローダンだけだ。

「アトラン！　イルナはそこにいますか？」

イルナがアトランの隣りにあらわれる。

「わたしの助けが必要なようですね。いま、どこにいますか？」

「イラワディ・リバー・クラブにいる」と、ローダンは答え、ホラム・ルドが運んできた椅子にすわった。「エイレーネがコヴァルを探しに、ジャングルのなかに入ってしまったようだ」

「またエイレーネが問題を！」イルナが叫んだ。「あの子は未熟で甘えん坊。子供のころにもっときびしく育てられるべきだったのです！　あ、失礼しました！」イルナは自分がエイレーネの父親と話していることに気づいて、あわてて口をふさいだ。父親を直接非難してしまったのだ。

「すまない」ローダンが頭をさげる。「充分に教育する時間がなかったんだ」

「わたしこそ、よけいなことをいってすみません。それよりも、いまは行動のほうが大事です。残念ながら、わたしのゼロ夢を見る能力は封じられたままです。かわりに、ペドトランスファーを試みてみますが、それはエイレーネがいる場所に近づかなければできません。わたしが以前着用していた特殊スーツにはプシトロン増幅装置が内蔵されていましたが、それがないいま、ペド能力の有効半径は千メートルに制限されています」

「いますぐ、そっちへ向かう！」アトランが口をはさんだ。「わたしの高速グライダーなら……」

　ローダンの顔がこわばる。

　そして苦々しい顔でいった。

「いまは重力機械のモーターの起動はひかえるべきです。探知システムが三十光年先でサトラングの亡霊船を検知しました」

「だがエイレーネはいま危険にさらされているかもしれない……」アトランが反論する。

「だからといって、フェニックス全体を危険にさらすわけにはいきません」ローダンが青ざめた顔でいった。「バッテリー駆動のグライダーに乗り、適切なセランを持ってきてください！」

「すぐに向かいます！」イルナが答えた。

画像が消えると、ローダンは手で額の汗をぬぐった。

「なんてこと！」ルドがうめき声をあげた。「あなたのように、娘よりも惑星のことを第一に考える父親が存在するなんて！　でもエイレーネを探すならわたしも同行しますよ。すぐにセランを着用します」

ローダンはうなずくほかない。

ルドが店の奥に消えると、ローダンは立ちあがってバアにいき、瓶に入った透明な酒をグラスに注《つ》いだ。そしていっきにそれを飲みほした。瓶に書かれた〝クアラ〟という文字には目もくれずに……

*

エイレーネは前方で、なにかがきしんだり、ぶつかったりする音を聞いて立ちすくむ。息を殺そうとするが、むずかしい。山脈の麓のジャングルを駆けのぼったせいで息が切れていたからだ。棘が刺さって破れたサファリパンツとブラウスは汗にまみれ、顔と手にはみみずばれができている。

きしんだり、ぶつかったりする音が、かみついたり、むさぼりつく音に変わる。

肉食獣が獲物にくらいついているのだ。

エイレーネはコヴァルが肉食獣の餌《え》食《じき》になっている姿を想像して膝を震わせた。

なんとか気持ちをおちつけると、細いセパの木の幹のあいだを縫うように進む。毒を放出する灌木を避け、丈夫なブーツで、ふくらはぎの高さまで伸びた先の尖った草を蹴りたおしながら歩く。

夜空はすこし曇っているが、日中のように明るい。テラの月よりも大きな衛星ステュクスと、それとはくらべものにならないほどちいさな衛星カロンが見える。両者はともに沈みかけている。カロンは近距離にあるため、惑星からはシリンダー形の岩の塊りのように見える。M‐３０の密集した星々の光を反射していた。

エイレーネは人間の背丈くらいの高さの漂石のまわりを歩くと、ふたたび立ちすくんだ。

十メートル先に、ゼン・トカゲがしゃがみこんでいるのが見えたからだ。トカゲはテラのナイルワニくらい大きい。けれども、外見はワニとはまったくちがう。

エイレーネは息をひそめてゼン・トカゲを観察する。パンケーキのように膨《ふく》らんだ腹が、曲がった脚のあいだから地面まで垂れさがっている。頭部と細身の上半身を動物の死骸に埋めている。その姿は古代のサーベルタイガーを連想させるが、からだは無毛の黒い皮でおおわれていた。

エイレーネの目には緑と黒の斑点のあるゼン・トカゲの下半身しか見えない。そのとき突然、トカゲが死骸から顔をあげた。仏陀のようなかたちをした頭部と首が真っ赤に染まっている。

トカゲがからだを揺さぶると、赤色の飛沫が四方に飛びちった。

獲物の血！　それはさっきまで生きていたにちがいない。

上半身と頭部はメタリックブルーの皮でおおわれている。それが流れる血の下から透けて見える。開いた口の上下には長い牙《きば》があった。

エイレーネは襲われた獲物がコヴァルではないことを知って安堵する。しかし、すぐに、自分がゼン・トカゲの餌食にされるかもしれないことに気づく。防御バリア・プロジェクターも武器もここにはない。ポケット・ナイフさえ持ってこなかった。まったく無防備で、ジャングルに入ってしまったのだ。

けれども、巨大トカゲはエイレーネには見向きもしない。獲物の血のにおいのせいで嗅覚が麻痺しているらしい。しばらくすると、トカゲはふたたび頭部と上半身を死骸に埋めて食べはじめた。

エイレーネは三十秒ほど待ってからしずかにそこをはなれると、ふたたび斜面を登りはじめた。

二十分ほど歩くと、最初の崖にたどり着く。下草だけが生い茂った場所にいきなり、灰白色のむき出しの崖があらわれる。数キロメートル先には雪をかぶった峰もいくつか見えた。

コヴァルはすでにあの山を登っているのだろうか？

エイレーネはフェニックスの無線禁止令をうとましく思う。

もちろん、それが意味のある法令であることはわかっている。しかし、その法令があるせいでコヴァルとコンタクトをとることができないのだ。

エイレーネはコヴァルがニニシャについての知識を持っていることを願う。コウモリに似た盲目の空飛ぶ爬虫類は、真夜中を過ぎると群れをなしてしずかに飛びまわり、すべての動く生物を襲う。エイレーネは、フェニックスへの入植活動がはじまったころに不注意な自由商人がニニシャに襲われ、数分で食べつくされたという話を聞いたことがあった。

幸運なことに、周囲を見まわしても、草木の上を幽霊のように浮遊するニニシャの黒い群れは見えない。

エイレーネはふたたび歩きだす。

けれども数歩進んだところで立ちどまり、空を見あげた。数個の流れ星が見えたかと思うと、その数はまたたく間に増えていく。そして音のない花火のようにきらめくと、すぐに消えてしまった。

コヴァルのことを心配しながらも、エイレーネはこの自然の演出に感動した。

そのとき、背後から足音のような音がした。エイレーネは即座に高さ二メートルのオークの巨木のうしろにまわりこみ、ひび割れたグレイの樹皮にからだを押しつけた。

次の瞬間、テラのポニーやヤギを思わせる黒毛の動物が五頭あらわれた。フェニックスにテラの動物がいるはずがない。頭部から突きでた角を見なくても、エイレーネにはそれらが一角獣であることがわかった。

一角獣はエイレーネには目もくれず、はげしく鼻を鳴らすと、口から泡を吹きながらとおりすぎていった。

エイレーネはふたたび歩きだす。

突然、背後から腕が出てきて首にまきつき、息ができなくなったかと思うと、地面に押したおされた。あまりにも乱暴だったので驚く。

エイレーネは動揺しながらも、コヴァルの「動くな！」という声にしたがった。仰向けで、からだの半分はコヴァルの上に乗っている。そのとき、黒い大きな群れが雷雲のように空に浮かんでいるのが見えた。その雲は一角獣が駆けていった方向へ向かっている。

その数秒後に、悲痛な鳴き声が響きわたった。エイレーネは肉に飢えた空飛ぶ爬虫類に襲われる一角獣を想像して身ぶるいする。

「ジャングルをひとりで歩きまわるなんて、どうかしてる！」鳴き声がやむと、コヴァルは若い娘のからだを起こしながら小声でいった。

エイレーネは無言でコヴァルからからだを引きはなすと、その顔を平手打ちした。

「あんたに、そんなこといわれたくないわよ、バカ！」と、どなりつけた。「わたしがジャングルに入ったのはあんたのせいよ。生きてまた会えるなんて思ってもみなかったわ」

コヴァルは火照《ほて》る頬を押さえた。

「わたしが山男だってことを忘れたのか！」エイレーネを叱りとばす。「本能にしたがって生きる半獣、野蛮人……哀れんでもらう価値もない汚物だ」

エイレーネはもう一度平手打ちをする。一発めよりも強く打ったので、あやうく転倒しそうになる。

けれども、こんどはコヴァルがたたきかえしてきた。

エイレーネは驚いて悲鳴をあげると、後方によろめき、無害なワタスゲの草むらに足を踏みいれた。その瞬間、数メートル下に転落した。

落下の衝撃はそれほど強くはなかった。しかし、呼吸ができないためにコヴァルに居場所を知らせて助けをもとめることができない。

そこは大地の精霊がつくった落とし穴だった。大地の精霊は地下に、テラのキノコがつくるようなリング状のコロニーを形成し、増殖する寄生菌類だ。擬態能力のある菌糸を使って、草むらに見せかけた落とし穴をつくり、穴に落ちた動物から栄養をとって生きている。つまりエイレーネが落ちた落とし穴は、ワタスゲの草むらににせてつくられた罠だったのだ。

エイレーネは大地の精霊が出す痺《しび》れ薬のようなガスを吸って意識を失いかけている。

そのとき、はじめて叫び声をあげることができた。

しかし、コヴァルはエイレーネの隣りにいて、穴の底の海綿状の地面をたたいている。

「早く、ここから逃げて！」と、エイレーネは叫ぼうとするが、声にならない。

自分の隣りで七転八倒しているコヴァルを横目に意識は遠のいていった……

*

「ない！」バス＝テトのイルナはペド能力を使って、エイレーネとコヴァルのÜBSEF定数を認識しようとしたあとにつぶやいた。

「ないって、どういう意味だ？」ペリー・ローダンがたずねる。「ペド能力もブロックされているのか？」

「そうではありません」イルナは答えると、客のいないイラワディ・リバー・クラブのテラスに直立不動で立っているホラム・ルドを見た。セラン姿でコンビ銃を持っている。

「ホラムでテストしたときは、一発で認識できましたから。ホラム、勝手に試験台にしてごめんなさい」

　クラブの主人は不機嫌そうにため息をつく。

「すべてはエイレーネのためです」そのひとことが気持ちのすべてをいいあらわしていた。

「おそらく距離がはなれすぎているんだ」と、アトラン。

「何キロメートルはなれていても、ÜBSEF定数は感じられるはずよ」と、イルナ。

「たとえ、はっきりとは認識できなくても……。でも、エイレーネとコヴァルの意識はまったく感じられない。ふたりのÜBSEF定数はよく知っているはずなのに……」

「ふたりは死んでしまったのか」ローダンはささやくと、青白い顔で壁にもたれかかった。

　アトランは顔をこわばらせて深呼吸をする。

「よし、わたしのグライダーで探しにいこう。反重力飛行するぞ！」と、決意をかためていった。「わたしはイルナを乗せて飛ぶ！　ホラム、きみのグライダーにペリーを乗せてついてきてくれ！　まだ間にあうかもしれない」

　そして、駐機場に向かって走りだした。

　そのときサイレンが鳴りひびき、マンダレー市内が不快な音で満たされる。

「警戒警報だ！」ローダンが叫ぶと、全員クラブのなかに駆けもどった。

　警戒レベルの規則にしたがい、ホラム・ルドがケーブル・カムのスイッチを入れる。

「……がフェニックスから十九・三光年はなれた地点に出現」ヴォコーダーの機械的な声が聞こえる。警戒警報発令中。「五機の未確認飛行物体がフェニックスから十九・三光年はなれた地点に出現。警戒警報発令中。無線通信および重力機械装置の使用はただちに禁止される。有線通信も緊急時にかぎる。宇宙船の予備乗員に指名された者は全員、宇宙港へ向かうこと。全体警報が出された場合は、緊急スタートがひかえているため、市民は宇宙港周辺から退去し、シェルターに避難すること」

「よりによって、こんなときに！」ルドが叫んだ。

「あなたがたは船にもどってください！」イルナがローダンとアトランにいう。「ホラムとわたしは歩いてエイレーネとコヴァルを探します」

「そうしよう、ペリー。われわれは任務をはたさねば」と、アトラン。「敵は十九・三光年先まで迫ってきているんだ！　十六・五光年を切ると全体警報が出される。いつ発令されてもおかしくはない。ペリー、もどろう！」

　アトランがローダンの肩をつかんで揺さぶる。

　しかし、ローダンは反応しない。

うつろな目で目の前の壁を見つめている。そして顔をゆがめた。

「娘が見える！」抑揚のない声でささやく。「大地の精霊の落とし穴のなかで横たわっている。菌糸から出るガスを吸って気絶している」

「なぜ、そんなことが見えるのですか？」イルナが小声でたずねた。

「クアラを飲んだにちがいありません」と、ルド。「ときに、見えないものが見えることがあるんです。サー、エイレーネとコヴァルの居場所がわかるローダンは、われわれとともにジャングルにいくべきです。大地の精霊がふたりのからだのなかに菌糸を侵入させて、体細胞を溶かすのを阻止できるのは、いま、ローダンだけです。どうか、ひとりで船にもどってください！」

「もしフェニックスが攻撃されたらどうするんだ！」アトランは怒りをあらわにし、ローダンの腕を強くつかんだ。

「任務が最優先だ！」

　次の瞬間、アトランはルドのコンビ銃の銃口を見つめていた。

「ローダンをはなしてください！　さもないと、あなたを麻痺させます！」ルドの声が響く。「わが子を見殺しにすることは、父親としてあるまじき行為です。大地の精霊は獲物をすぐには殺さず、何日も生かしてすこしずつ侵食します。サー、ひとりで帰ってください！」

「ちょっと待ってくれ」アトランが無言で立ちさろうとすると、ローダンがいった。

突然、表情が明るくなる。よろこんでいるらしい。「トクルント人がふたりを見つけてくれたんだ。キノコの菌糸の束を引きさいて食べている。エイレーネとコヴァルの意識ももどった」

「すばらしい！」ホラム・ルドが目をまるくする。「こんなにすぐれた第二の目の持ち主に会うのははじめてです。見の前にないものを、これほどまではっきりと知覚できるなんて、あなたは比類なき透視能力者にちがいありません。クアラ一杯にそんな力はありませんから」

「比類なき透視能力者ではなく、比類なき父親と呼んだほうがいいだろう」アトランが皮肉をこめていう。「すくなくとも、ペリーはわたしのような顕著な透視能力は持っていない。娘との強い感情的なつながりがその能力を開花させたんだ」

「助かったぞ！」ローダンは目を輝かせてよろこぶ。

そこでイルナは唇の前で人差し指を立て、無言でアトランとホラムに口出ししないようたのむ。

「ペリー・ローダン！」イルナはそういってローダンに近づいた。「まだエイレーネは本当の意味で助かったとはいえません。探知システムが宇宙船を検知しました。この惑星が攻撃される可能性があります。これからなにが起こるのか見えますか？　フェニックスは敵に発見されて攻撃されるのでしょうか？」

　ローダンはうつろな目で一点を見つめる。口を半開きにして体を震わせる。

「〝永遠の船〟と同じ型の三隻の宇宙船が見える」しばしの沈黙のあと口を開いた。「ハンターの船を追っているんだ。だが、それらの船はＩＱハンターではない。べつのハンターの船だ。フェニックスに危険はない。船がセレス星系に到達することはない。全体警報が発令されるほど接近することはない。その前に方向転換し、宇宙の奥深くへと消えていくだろう」

　そこでローダンは倒れた。あまりにも突然だったので、だれも受けとめることができなかった。青ざめた顔で床に横たわっている。

　イルナはローダンの横にひざまずいて脈をとり、驚いた。

「すぐに医療ロボットの手配を！」アトランに向かって叫んだ。「もう脈がない。ペド能力を使ってローダンを精神的に引きつぎ、蘇生するしかないわ。でも、それは短時間しか効果がない。早急に医療ロボットを手配して」

　アトランが急いでケーブル・ヴィジフォンの前にいく。マンダレーの医療センターとコンタクトをとっているあいだに、イルナのからだは動かなくなった。

「あの酒はローダンには強すぎたのです」ホラム・ルドがショックをかくせないようす

でいう。「クアラに対して過剰反応を起こしてしまったのでしょう」

4

巡航船《クレイジー・ホース》の生命維持室のシステムに、医療深層睡眠タンクを接続する作業がおこなわれていた。バス＝テトのイルナがそれを心配そうに見守っている。タンクのなかで、ナート人のタヴールとオクリルの赤ん坊、チャトマンが眠っているからだ。

作業の責任者はヌリア・ガイ・ツァヒディ。ヌリアは《ツナミ＝コルドバ》の設計にも携わった独創的な宇宙船設計士だ。最近まで同艦のエンジニアとして働いていた。身長はわずか百五十二センチメートル。褐色の肌と黒い巻き毛が特徴の美しいテラナー女性は、すべてにおいて抜け目がなく、わずかな誤差も見のがさない。技術者や特殊ロボットに容赦なく〝修正〟を迫ることで知られている。自分が責任を持つ機器はすべて千分の一ミリメートル単位まで正確に設置されていないと気がすまない。よって、みずから設計したシントロニクス制御装置を使ってつねに誤差をチェックしていた。ヌリアの専門技術と専門知識は、荒くれ者の自由航行者たちからも一目置かれ、彼女の発言にはみなが耳をかたむける。とはいえ、サン人であるヌリアが声を荒らげたり、大声を出したりしたことは、これまで一度もなかった。

以前は《シマロン》の首席医師であり、いまは銀河系船団全体の首席医師に昇進していたハワード・レスター博士も、タヴールとチャトマンの担当医として《クレイジー・ホース》のブガクリス遠征に同行することが決まり、この医療深層睡眠タンクの状態管理をまかされていた。首席医師は、タンクの移動時と接続時に、その状態を維持するため、前もって補助電源ユニットを設置させていた。

「これで《カルミナ》のシステムから切りはなされたときに、患者が負担を感じることはないだろう」首席医師はイルナにいった。

「すばらしい！」と、イルナ。「では、両方のタンクの管理をお願いしてもいいでしょうか？」

「もちろんだ」レスターはそう答えて、管理ヘルメットを正しくかぶりなおした。「ここに、タンク内の状態をしめす、すべての数値が表示される。わずかな差異が生じても警告音が鳴るよう設定されている」

「生命維持室の諸君、船長だ！」船内通話システムから大きな声が響いた。「タンクの接続は進んでいるか？」

イルナが壁に設置されているケーブル・ヴィジフォンのスイッチを入れる。

「船長、接続は予定どおりに進んでいます。半時間後には完了予定です」ヌリアとレスター博士もうなずく。「それ以上、かかることはありません」

「ありがとう！」オクストーン人がスクリーンからほほえみかけた。

イルナは大きくうなずくと通信スイッチを切った。けれどもそのあとも、リオン・ウィングのことを考えつづけた。《クレイジー・ホース》の船長は謎が多い。顔の左半分が義顔という恐ろしい風貌とは裏腹に、戦闘的でも残忍でもなく、専門知識と一般知識をあわせ持つ、非常に礼儀正しい常識人だ。けれどもときに瞬間的に冷酷な表情を見せることがあった。そのときだけは、ひそかに周囲から呼ばれているあだ名のとおり、冷血で無慈悲に見えた。

そのあだ名とは〝アクス〟。死刑執行人の斧を意味する！

このあだ名の由来を知る者はいない。というのも、ウィングは十七年前よりも過去のことはいっさい話さないからだ。

いったいそれ以前になにがあったのか？

記録がのこされていないため、だれも知らない。ウィングがかつて自由商人以外の組織に所属していたという噂があるだけだ。

その組織は海賊や奴隷ハンターを捕まえて処刑をおこなっていたという。

イルナのペドトランスファー能力を使って、一時的にウィングを精神的に引きつげば、その秘密を知ることはできるだろう。しかし、それはみずからが定めた掟に反することになる。ペド能力は、任務中に敵の意図を〝精査〟したり、無力化したりする場合か、やむをえない状況下で友を救う場合にしか使用しないとイルナは決めていた。

「大丈夫か？」背後でだれかがたずねた。

声の主はペリー・ローダンだ。

　イルナは振りむかずにうなずく。

「いまのところ問題はありません」すこしだけ顔を右に向けて答えた。「調子はどうですか？」

「もう大丈夫だ。きみが即座に対応してくれなかったら、死んでいたかもしれない。きみは命の恩人だ。わたしにできることがあれば、いってほしい……」

　イルナはつばを飲みこむと、振りかえってローダンを見た。

「なら、わたしのことを忘れないでください！」イルナが懇願する。「アトランをよろしくお願いします」

　ローダンが笑う。

「アルコンの老侯爵は自分で自分のことくらい守れるさ」そういうと、急に真剣な表情にもどった。「もちろん、きみのことは忘れない。だが、この別れが束の間であることを祈る。イルナ、きみはここで必要とされている。だから無事に帰ってきてくれよ！

ところで、エイレーネはどこだ？　ブガクリスからきたミニ・ターザンに娘の居場所を何度もたずねられて困っているんだ。船内では一時間もあれば、同じ人と十回はすれちがうはずなのに」

「平行通路や反重力リフトや冷蔵室にいる場合は例外です」イルナがつけくわえた。

「冷蔵室！」ローダンはそういって笑う。「それは斬新な考えだ。でもグッキーなら冷蔵室にいてもおかしくはない。いつもニンジンを探しているからな。フェニックスにはニンジンの種も畑もないから」

　ローダンがイルナに手をさしだす。

「残念だが、わたしはいかなくては。クロノパルス遠征の準備があるんだ。ブガクリスでの成功を祈っている」

「わたしもクロノパルス遠征の成功を祈っています」イルナはローダンがなにかいいたげな表情を見せたので、つけくわえた。「エイレーネはわたしが守りとおします。かならず」

　ローダンは感謝の気持ちをこめてほほえみかえした。

　そして扉の前までいくと、イルナに質問された。

「グッキーはどこにいるのですか？」

「《クレイジー・ホース》の食糧補給長のところだ。船の食糧庫でニンジンを探す許可をもとめているんだ」

「それはグッキーといえども、むずかしいでしょうね」イルナが答えた。

*

二時間後、スタート準備が完了した。あと数分で《クレイジー・ホース》はハンガイ銀河の惑星ブガクリスに向けてスタートする。船の司令室に幹部と乗員と乗客が集められた。

そこには、船長のリオン・ウィング、火星人航法士のカーシャム・タル、船内エンジニアのヌリア・ガイ・ツァヒディ、火器管制官のエシュクラル・ノグヒム・ドラグス、このミッションの首席医師のハワード・レスター博士、宇宙心理学者のマランダ・シン博士、バス＝テトのイルナ、コヴァル・インガード、顔色が悪いエイレーネがいた。

グッキーがエイレーネを心配そうに見つめる。グッキーはスタート直前にアトランを連れて《カルミナ》にジャンプするために、そこに呼ばれていた。

アトランが司令室にいる全員に別れを告げる。アコン人、テラナー、巨体のエプサル人、アンティからなるのこり十人の乗員は、すでに持ち場で待機しているため、そこにはいない。

アトランがイルナを抱きしめてささやく。

「宇宙がきみを守ってくれますように！　元気で帰ってくるんだよ。より道しないように！」

「わかったわ、大きな坊や！」イルナが約束する。「またすぐに会えるわ」

アトランは最後にエイレーネに声をかけた。

「テラのエスキモーみたいに、からだが冷たいね」優しく抱きしめるといった。

「船内の冷凍庫で、ぼくといっしょにニンジンを探してくれてたせいさ」グッキーがいった。

「じゃあ、あとでいっしょに火酒でも飲めばいい！」と、アトラン。

エイレーネは返事をしない。

「もう、そんな時間はないよ」と、グッキー。

「わたしがエイレーネに火酒を飲ませますよ」カーシャム・タルが満面の笑みでいった。

「さようなら、友よ！」アトランが叫んだ。

そしてネズミ＝ビーバーと手をつなぐと、すぐに非実体化して消えた。

「全員、持ち場へ！」リオン・ウィングが元気な声で命じる。「さあ、任務開始だ。すべての指揮はわたしがとる！」

全員がシートにすわり、シートベルトを締める。シントロニクス結合体がスタート・チェックの完了を告げ、ウィングが管制塔から離陸の許可を得る。そして《クレイジー

・ホース》はゆっくりとしずかに離陸し、エネルギー性の発射台から飛びだし、大気圏を抜けた。宇宙空間に入ると、メタグラヴ・エンジンをオンにして加速する。

こうしてブガクリスへの飛行ははじまった。

5

《クレイジー・ホース》はXドアの手前で通常空間にもどった。Xドアは宇宙的規模のカタストロフィの前に《バジス》が駐留していた宙域だ。

これがハンガイ銀河に進入する前の最後の機体操作になった。

バス＝テトのイルナは無言で遠距離探知システムのスクリーンを見つめている。前方の左舷よりに銀河の星団が見える。それは六百九十五年前のカタストロフィのさいに、タルカン宇宙から標準宇宙へ遷移させられたハンガイ銀河の星団だ。そのさいに、銀河系船団は停滞フィールドに閉じこめられ、六百九十四年の歳月を失うことになった。

とはいえ、かれらはタイムリープしたわけではない。局所的な停滞フィールドの外では、数十億年前と同じ速度でしか時間は流れていなかったからだ。しかし、タルカン宇宙からの帰還者にとっては、タイムリープしたのと同じだった。つまり、かれらの主観的な時間はNGZ四四八年にいったん凍結され、一一四三年にふたたび解凍されたのだ。凍結された時間と解凍された時間！

時間研究者も物理学者も数学者も、似たような言葉で停滞フィールドを定義している。

イルナには、その定義がナート人のタヴールとオクリルの赤ん坊、チャトマンにもあてはまるように思えた。銀河系船団の乗員ほどではないにせよ、ふたりにとっても時間は凍結したも同然だ。とはいえ外からはわからなくても、かれらのからだは生きつづけている。時間とともに未来へと進みつづけているのだ。

イルナはシートの背もたれによりかかってため息をついた。

「もうすこしの辛抱だ、イルナ!」ななめうしろから声がした。

ハワード・レスター博士がイルナの隣りのシートに腰をおろし、はげますようにほほえむ。

「患者の状態は非常にゆっくりとだが、着実によくなっている」と、説明する。博士はカタストロフィ以前から深層睡眠を専門とし、医療惑星タフンで関連セクションの責任者をつとめたこともある優秀な医師だ。

イルナはうなずく。

「ありがとうございます、先生」と、しずかにいった。「希望が持ててうれしいです」

「希望を捨ててはいけないよ」

先生のいうとおりだわ! イルナはそう自分にいい聞かせて、目を閉じた。博士の言葉は月並みなアドヴァイスかもしれないが、古代からいわれつづけてきた真実でもあるのだ。

フェニックスで最近起こったいくつかの事件についても同じことがいえた。困難に挑みつづけるためにはつねに希望が必要だった。

エイレーネとコヴァル・インガードの事件もそうだった。ふたりは真夜中にフェニックスのジャングルにわけいり、吸血植物やゼン・トカゲやニニシャの群れや大地の精霊にかこまれて何度も命の危険にさらされた。

しかし、トクルント人のエシュクラル・ノグヒム・ドラグスが間一髪で、大地の精霊の落とし穴に進入し、若いふたりを発見した。ドグラスに菌糸のガスに対する免疫がなければ、エイレーネとコヴァルは死んでいただろう。

若いふたりが命の危険にさらされている最中に、惑星フェニックスとその住民も危機に直面した。

謎の宇宙船が十九・三光年先で発見され、セレス星系に接近する可能性が浮上したのだ。

その後、すべての探知システムを詳細に分析した結果、発見された五つの未確認飛行物体は、未知の構造とエネルギー・パターンを持つ二隻の宇宙船とそれを追う三隻の船であったことがわかった。二隻の船はコースを変更しながら、迅速に超光速飛行と亜光速飛行をくりかえしていた。

精密分析の結果、三隻の船はカンタロの〝永遠の船〟であることが判明した。カンタロは、銀河系の封鎖と現在の悲惨な状況になんらかのかたちで関与している謎のドロイド種族だ。

カンタロの三隻の船は、惑星サトラングに最初に接近したときに探知されたが、まるで亡霊のように探知システムのモニターから消えうせた。そのときのことも、その後の精密分析により明らかにされたことだった。

今回、フェニックスがカンタロに発見されずにすんだのは偶然の賜物《たまもの》だ。もし発見されていたなら、惑星は破壊されていただろう。逃げまどう二隻の宇宙船は目まぐるしく変化する操縦によってカンタロの注意を完全に引きつけ、それがフェニックスの発見を防いだ。逃避する船がセレス星系に進入する可能性は充分あった。しかし、結局は方向転換し、Ｍ‐３０に姿を消した。

そこでイルナは過去を思いだすことをやめると、ペリー・ローダンが死にかけたことも忘れようとした。クアラの影響で超感覚的知覚を獲得したローダンの意識は、負荷がかかりすぎて破滅寸前にまでおちいったのだ。

それなのにイルナは、トランス状態におちいり、見えないものが見えるようになったローダンに促して近未来のヴィジョンを見させようとした。かれが死んでいたら責任をとらなければならなかっただろう。

イルナはフェニックスの安全を最優先し、危険な行為を決行した自分を責めた。もちろん、あのときペドトランスファーで応急処置をしなければ、どんな医療処置もローダンを救えなかったにちがいない。けれども、その考えがイルナの良心の呵責をやわらげることはなかった。

そのとき、船の司令部と《クレイジー・ホース》のシントロニクス結合体との話し合いの結果報告がはじまる。そのおかげで、イルナはようやく思考の堂々めぐりを中断することができた。船長によると、船は三十秒後にふたたび超光速飛行に入り、サンドラ星系境界の数光時手前で通常空間にもどる予定だという。

「警報段階イエロー！」船長が叫んだ。

イルナはその声につられて火器管制官のコンソールに目をやる。

ドラグスはそれを予期していたかのように、顔をあげてイルナに視線を返し、滑稽な笑みを浮かべた。マフェイ銀河1からやってきたトクルント人は身長も横幅も四十センチメートルしかないが、筋骨隆々だ。

イルナは笑顔でかれの視線に応えた。

やはり好感の持てる男だ。自由商人たちは〝ヤギ顔〟といってバカにしているが、イルナにはそれが理解できない。もちろん、トクルント人の顔は人類とはちがう。異銀河のテラとはまったくちがう環境下で進化した生命体なのだから、それは仕方がないことなのだ。

トクルント人は体形が特徴的であるだけでなく、ヒト科の生物にとって危険な菌類が出すガスを吸っても、その菌糸を食べても、なんともないという恐るべき代謝能力も持ちあわせている。けれども、根本的なところは非常に人類に似ているとイルナは思っていた。はなれた大きな目と黒い顎鬚《ひげ》は、どことなくテラのノヤギに似ているが、だからといって動物には見えない。ノヤギのように顔が長いわけでも、角が生えているわけでもない。耳をおおいかくす肩まで伸びた黒髪は絹のように輝いている。

「ベックリンのことが気にいったの？」左側から少女の声が聞こえた。「たしかに、あの髪だけはあなたの恋人にそっくりね」

その声の主がだれなのかはすぐにわかった。

エイレーネだ。

イルナはデリカシーに欠けたコメントに対して反論しそうになるが、その挑発にはのるまいとがまんした。

イルナはエイレーネを見てつくり笑いをする。

「たしかに、ベックリンの髪はきれいだわ」と、優しく答えた。「でも、大事なのはそんなことじゃない。知的生命体にとって重要なことは外見よりも中身よ。トクルント人は高い倫理観を持っている。かれに勇気と人助けの精神がそなわっていることはまちがいない。あなたと同じようにね」

　エイレーネは顔をゆがめる。

「ほめてくれなくてもいいわ」と、いい返した。「コヴァルが自殺しなかっただけで、わたしは満足なの」

　イルナはなにも答えない。そして立ちあがると、司令室を出て、タヴールとチャトマンのようすを見にいった。

　ハッチをとおりぬけたところで《クレイジー・ホース》がハイパー空間に入る。それは目的地までの飛行時間を短縮するためだった。

＊

　バス＝テトのイルナは驚いたというよりもショックを受けた。今回は、たった一回ためしただけでゼロ夢に入り、忠臣が眠る医療深層睡眠タンクのなかに侵入することができたからだ。

　能力のブロックがはずれたことに気づかず、また失敗するだろうと思いこんでいたせいで、よけいに驚いた。

　おそるおそる、蜂の巣状タンクのホワルゴニウム製格子《こうし》板に横たわる身長三メートルの巨体を見おろす。

そして、またもや驚く。タヴールは焼けこげた宇宙服を脱がされて真っ裸にされていたからだ。全身が潜在意識に安心感をもたらすとされる合成有機網でおおわれている。それがタンク・システムからはなたれる生物活性放射線の効果を増大させ、損傷した組織と臓器の再生を早めていた。

タヴールが回復に向かっていることは明らかだ。そうでなければ、タンクのサーボは宇宙服を脱がすことさえできなかっただろう。深層睡眠中に患者の体温を限界まで低下させていた過冷却処置はもうすぐ中断されるにちがいない。そうなれば、回復はさらに早まるはずだ。

巨体の右側の壁に、さすらいの騎士のまるい楯がたてかけられている。その楯には、騎士の剣が入った、ホワルゴニウム製クリスタルで装飾された帯刀ベルトがかけられている。イルナはそれらを苦々しい思いで見つめるとタンクを去った。

ひきつづき、小型の医療深層睡眠タンクで眠るオクリルの赤ん坊のÜBSEF定数を認識しようする。しかし、ペドトランスファーをはじめる前に《クレイジー・ホース》の船内で警報が鳴りひびいた。

警報段階レッド！

イルナは急いでそこを立ちさる。警報段階レッドが発令された場合は、主司令室に向かうよう指示されていたからだ。もちろん、彼女は《クレイジー・ホース》の正規の乗員ではない。けれども、さまざまな訓練と実践的な経験を積んでいるため、どんな乗員のかわりもつとめることができた。

司令室に入るとすぐに、全周スクリーンと探知システムのモニターを確認する。通常空間にもどった《クレイジー・ホース》が七隻のトリマランにかこまれているのが見える。

それらがサショイ帝国のカルタン人の船であることはまちがいない。七隻のトリマランは、《クレイジー・ホース》側に無線通信でコンタクトをとる意志があるかどうかも確認せずに、砲撃を開始したのだ。

しかし、《クレイジー・ホース》は応戦しない。砲撃を受けて一時はふらついたものの、五層パラトロン・バリアを構築してなんとか持ちこたえている。集中的に砲弾が命中した個所にはボウル型捕捉バリアを構築し、被弾部を徹底的に防御している。

「反撃しないのですか?」イルナが船長に向かってたずねた。そしてシートベルトを締めると、あたりを見まわし、コヴァルとエイレーネを探す。

「まだだ!」船長は鋭い目つきで答えた。

「アリエス、分析結果を教えて」

イルナは、相互接続された六台のシントロニクスからなる船載シントロニクス結合体が《クレイジー・ホース》の乗員からアリエスと呼ばれていることを知っていた。もちろん、星座の名前がつけられた理由までは知らない。

「トリマランのエネルギー・パターンは、サショイ帝国のＩＱハンターに典型的なものです」シントロニクス結合体が説明する。「誘発されて放射されたトランスポンダー・コードもカルタンのＩＱハンターのものと一致します。三隻のトリマランのハイパーエネルギー活動は、未知の兵器の使用準備が進んでいることをしめしています。よってただちに応戦してください。応戦しない場合は即時撤退してください」

「了解」ウィングは答えた。「ベックリン、戦闘準備を！」

「戦闘準備します！」エシュクラル・ノグヒム・ドラグスは、背の高いシートの上でせわしなくからだを動かしながら応答した。「船長、われわれの力を見せてやりましょう！　すぐに攻撃を開始しますか？」

「待て！」と、ウィング。「アリエス、敵の主力船からハイパー通信でメッセージが送信されたか調べてくれ」

「いま送信されたところです」アリエスが答える。「エンコードされ、八百四十五光年はなれたサショイ帝国の司令部に向けて送信されました」

ウィングが残忍な笑みを浮かべる。

「全力で攻撃しろ！」と、叫んだ。

ベックリンは勝ちほこったような笑みを浮かべて、火器管制コンソールのセンサーの上ではげしく指を動かす。すぐに《クレイジー・ホース》のパラトロン・バリアにちいさな構造亀裂ができる。目視では確認できないが、刻々と変化するハイパー探知システムのデータがそれをしめしていた。

　イレギュレーター放射砲が七隻のトリマランすべてに強烈な干渉パルスを浴びせ、一部のシステムを麻痺させる。インターヴァル砲から断続的に発射された反発フィールドが敵の防御バリアを強打し、プロジェクターのエネルギー低下をひきおこす。さらに、トランスフォーム爆弾がもろくなった敵の防御バリア内で爆発し、トリマランの外板を破壊する。最後に反物質ビームが、攻撃を受けた敵船のすぐ近くで超高強度のハイパーフィールドを発生させ、それが崩壊するさいに生成された反物質が、敵の通常物質に反応して爆発を起こした。

　七つの光輝く火の玉が急速に膨張し、《クレイジー・ホース》はあやうく飲みこまれそうになる。しかし、燃えさかるガスの塊りは、船に到達したときにはすでに希釈され、温度が低下していたため、パラトロン・バリアはいともかんたんにそれを跳ねかえし、構造亀裂をとおってハイパー空間へと放出した。

　自由商人の勝利はあらかじめ決まっていたといっても過言ではない。

　とはいえ《クレイジー・ホース》が打撃を受けなかったわけではなかった。火の玉と化したトリマランの中心部から超光速で発射された物体が、船のパラトロン・バリアを突きやぶったのだ。即座に、シントロニクスは高密度のパラトロン・エネルギー性ボウル型捕捉バリアを構築したが、その物体はバリアを破壊し、《クレイジー・ホース》の外板に激突した。

すぐに命中警報のサイレンが響きわたり、全ハッチが自動で閉じられ、船は完全にロックされた。司令室のオーヴァビュー・パネル上で点滅する光が衝突エリアをしめしている。

「非常事態ではありません」アリエスが自発的に報告する。「真空亀裂をふさいで、危険を回避しました」

「激突したのはなんだ?」船長が冷静にたずねた。

「データ分析はまだ完了していませんが、トリマラン一隻の内部で、実験段階の秘密兵器が爆発した可能性が高いとの結果が出ています。あらたな警告が出ました! セクションK-9で超重原子が制御不能な崩壊を起こし、小規模な核爆発が発生しました。核中和装置を搭載したロボット部隊を出動させ、消火活動をおこないます。二名の乗員がK-9付近で危険な状態におちいっています! おそらく意識不明。両者が着ているセランが緊急信号を発しています!」

イルナはバックルを強くたたいてシートベルトをはずすと、シートから飛びでた。

「エイレーネとコヴァルだわ!」心配の叫び声をあげた。

そして船内通話システムのスイッチを入れると、ふたりの名を呼んだ。

「応答なし」と、アリエス。「だれかいっしょにきて」

「わたしが助けにいく！」イルナが宣言する。

「バカなまねはよせ！」ウィングが警告する。

「船長のほうがよっぽどバカげています。あえて反撃せずに、敵が実験段階の兵器を使用するまで待っていたんですよね！」セランを着ながらイルナが吐きすてた。

「わたしはそんなことはしていない」船長は冷静にいい返した。「敵がアジトに応援を要請するまで待っていたんだ。たった七隻の奴隷ハンターを倒すだけでは、満足できないからな」

ウィングの冷酷非道な言葉をきいて、イルナはあきれかえった。ようやく目の前の男が〝アクス〟と呼ばれている理由がわかりかけてくる。たしかに、サショイ帝国のカルタン人に同情する必要はない。自分たちが豊かになるために、毎年何十万人もの知的生命体を文化圏から追いだし、容赦なく都市を焼きはらい、〝使えない〟捕虜を殺害し、のこりの捕虜を奴隷市場で売って儲けている者を哀れむ必要はない。

しかし、だからといってエイレーネやコヴァルのような罪のない人々を危険な目にあわせるわけにはいかない。

ヌリア・ガイ・ツァヒディ、カーシャム・タル、ハワード・レスターとエシュクラル

・ノグヒム・ドラグスがセルンを着て救出の準備をする。船長は特別回路に切りかえて救出ロボット部隊を出動させた。イルナはそれを確認すると司令室を去った。

＊

そこは想像を絶する暑さだった。

バス＝テトのイルナと救援者たちは、装置を駆使して、核爆発の炎と戦っているロボット部隊をかきわけて進む。ロボットたちは核中和装置を使って炎の拡大を阻止しようとする。最大級の核爆発が起こったさいにはそうする以外に方法はない。しかし、青白い光をはなつ炎の壁は、恒星内の核融合のような爆発をくりかえしながら、すこしずつ拡大しているように見えた。

「こっちへ！」エシュクラル・ノグヒム・ドラグスが叫んで、右側を指さした。

けれどもドラグスの声は一行の耳にはとどかない。パラトロン・バリアを輪郭モードに切りかえ、セランの外部マイクを解除し、ミニカムの出力を最大にしても聞こえないのだ。炎は爆音をあげながら燃えつづけ、そのエネルギーの一部はハイパー空間にまで到達していた。

「かまわずに進んで！」イルナが叫んだ。ドラグスが炎の渦巻きに飲みこまれ、ほかのメンバーがその前で躊躇《ちゅうちょ》していたからだ。

そのとき、パラトロン・バリアを輪郭モードに切りかえた、多種多様な救助ロボットが左右にあらわれた。火災の拡大を阻止する最終手段がこれだった。

複数のロボットが核中和装置の有効フィールドを重ねあわせる。すると、炎の渦巻きは消え、ドラグスが無傷でそこから出てきた。

イルナはあらたな希望をいだく。

あのまま核爆発がつづいていたならドラグスは死んでいたにちがいない。それだけでなく、船も乗員も助からなかっただろう。ドラグスとイルナが〝死を恐れない〟理由はそこにあった。死を恐れていては、どんな命も助けられないからだ。ようやく核中和装置を使って消火活動をおこなっていたロボット部隊が、火災の拡大をおさえることに成功したように見える。このままいけば炎はコントロール可能になり、徐々に鎮火するだろう。

とはいえ、意識不明のふたりが着ているセランは焼けこげ、そのパラトロン・バリアも明滅し、危険な状態にある。一行はロボット部隊とともに地獄の炎のなかに突入し、牽引ビームを使ってふたりを救出した。

その後、一行は急いで《クレイジー・ホース》の安全なセクションにもどった。そこでは医療ロボットが待機し、地獄から生還した者たちをちいさな船内クリニックに搬送している。

イルナは医療ロボットから安定剤を投与され、服を脱がされたが、はげしく抵抗したため延命タンクに〝寝かされる〟ことはなかった。ハワード・レスター博士が医療ロボットを追い返し、かわりに処置をほどこす。

「きみを尊敬するよ」首席医師はいった。「それにくらべて、わたしはなんて弱虫なんだ。炎の渦巻きが向かってくるのを見たとたん、踵を返してクリニックに逃げこんだんだから」

「エイレーネとコヴァルは助かったのですか？」薬の影響で意識が朦朧《もうろう》としているイルナがたずねた。

「奇蹟的に助かったよ。爆発のショックで意識を失い、セランの内部空間が過熱されて軽い火傷《やけど》を負ったが、問題はない。驚いたのは、ある種の絶対真空がふたりのからだをとりかこみ、守っていたことだ。どうしてそんなことが起こりえたのかはわからない。しかし、それが起こったという事実を知っただけで、わたしは満足している。とはいえ、きみたちが助けにいかなければ、その〝零泡〟もいつか崩壊し……」そこまでいって首席医師は肩をすくめた。

「零泡？」イルナがその言葉をくりかえした。

「そうだ。でも、それがなにかは、わたしにも説明ができない！　きみは知っているのか？」

「いいえ」

イルナは本当に知らなかったのだ。もしかすると、コスモクラートの具象の娘であるエイレーネは、高次の力の保護下にあり、守護天使のようなものに守られているのかもしれない。

しかし、イルナはその考えをすぐに撤回した。もしそうなら、エイレーネが過去において《クレイジー・ホース》やフェニックスなどの複数の場で危険にさらされることはなかったはずだからだ。エイレーネの自己防衛本能は、場合によってはプシオン能力を発揮させられるのかもしれない。とはいえ、その能力がエイレーネ自身によって意識的にコントロールされていないことは明らかだ。

すくなくとも、警報段階レッド発令時に《クレイジー・ホース》の外側セクションにいくというような愚行をやめさせられるほど強い力ではないことはたしかだ。そんなことを考えながら、薬を投与されたイルナは眠りに落ちていった……

6

《クレイジー・ホース》はブガクリスに接近していた。病室で目をさましたバス＝テトのイルナはサーボにたずねて、それを知った。

イルナはサーボと駆けつけた医療ロボットの反対を押しきって起きあがると、新しい下着とセランを持ってこさせる。倦怠感はまだのこっているが、司令室から船が着陸するようすを見るぐらいの体力はあった。

「無理するのはよくない」クリニックを去ろうとするやいなやあらわれたハワード・レスター博士がいった。「まだ疲労が……」

「疲労！」イルナが鼻で笑う。「われわれは楽しい旅行をしているわけではありません。疲労も任務のうちです。コヴァルとエイレーネのところに連れていってください！」

レスターはすこしだけ反対したが、彼女の意志を変えられるとは本気で思っていなかった。

エイレーネのもとを訪れると、彼女は二体の医療ロボットを押しのけて回復促進用のエマルジョン・タンクから抜けだしたところだった。レスター博士を見るやいなや、急いでからだにタオルを巻き、挑戦的ににらみつけた。

「もう、だれもわたしをタンクにはもどせないから！」と、叫んだ。「イルナ、あなたもよ！」

「そんなことをする気はないわ」イルナがおだやかに答えた。

「イルナもきみと同じようにロボットの反対を押しきって、クリニックから抜けだしたんだよ」レスター博士が説明する。「きみとコヴァルを助けるために半身焼けこげたにもかかわらず」

　エイレーネはイルナを見つめる。

「自分がしたことが恥ずかしいわ。これでも後悔しているのよ」と、すまなそうにいった。「あなたはいつも自分の身を削って、わたしを助けてくれる。それなのに、うるさい家庭教師みたいに気嫌いしてごめんなさい。許してくれる？」

　イルナがかぶりを振る。

「わたしは怒ってなんかないわ。ただ、友になってほしいの」

　エイレーネが目を見開く。

「本気でいっているの？」

「本気よ」と、イルナ。

ふたりは抱擁を交わす。イルナはエイレーネが自分の胸のなかで肩を震わせて泣いているのを感じる。けれども感傷にひたる時間はすぐに終わり、ふたりは握手を交わした。

「ブラヴォ！」だれかが突然叫んだ。「おめでとうございます！　さあ、司令室にもどりましょうか？」

　イルナが振りむくと、反重力リフトの上に立つエシュクラル・ノグヒム・ドラグスが手を振っているのが見える。

「あなたもクリニックから抜けだしたの？」イルナがたずねた。

「そもそも入院や治療が必要なかったのです」ドラグスは真顔で答える。「サショイ帝国からさらなる艦船がくるとの予測が出て、わたしはすぐに火器管制官として司令室に呼びもどされたのでね。さあ、出番ですよ、お嬢さまがた！」

「コヴァルとヌリアとカーシャムはなにをしているの？」エイレーネといっしょに反重力リフトに乗りこんだイルナがドラグスにたずねた。リフトはすぐに動きだす。

「コヴァルはブガクリスに着陸するまで眠らされたままです。ヌリアは一時間後にクリニックを退院する予定です。航法士のカーシャムはすでに司令室にもどっています。しばらくは息つくひまもなさそうですよ」

「核爆発はおさまったの？」こんどはエイレーネがたずねた。

「そうでなければ、わたしたちはここにはいませんよ、お嬢さま。《クレイジー・ホース》に大きな穴が開きましたが、それ以外は無傷です。いずれにせよ、われわれは七隻のＩＱハンター船と戦い、勝利したのです」

　イルナは沈黙している。一年前に発見したブガクリスの秘密基地のことを思い出していたからだ。過去の記憶で、頭のなかはいっぱいだった。

「到着したら、コヴァルをできるかぎり早く外に出してあげないと」エイレーネがいった。「このハイテク船を本当に恐れているの。ＩＱハンターとの戦闘前にコヴァルがいなくなって、探しにいったら、セランを閉めもせずに、安全回路をバイパスさせてエアロックから宇宙のどまんなかに出ようとしていたの。間一髪でとめたけど」

「コヴァルはきっと奴隷時代に、高度技術社会によってそんなふうに処理されたんでしょうね」ドラグスがいった。

「でも、コヴァルはそうではないといっていたわ」エイレーネが否定する。

「それは合成記憶、つまり、脱走を防ぐための記憶操作ですよ。たしかに、コヴァルは奴隷時代に肉体労働をする必要はなかったでしょう。高度技術社会には維持費が安いロボットが多くいますから。知的生命体の奴隷は通常、思考と直感を必要とする生産工程で働かされます。そのほうが効率がいいからです」

「たしかに、そうかも」と、エイレーネ。「イルナ、そう思わない？」

　イルナは答えない。まったくうわの空だ。

「彼女はいま、ほかのことで頭がいっぱいなのです」と、ドラグス。「エイレーネ嬢、ブガクリスに着いたら、イルナ嬢から目をはなさないようにしてください。つねにいっしょに行動して、彼女がわれを忘れて危険な行動に出ないよう見張っていてください！」

「わかったわ、ベックリン」エイレーネが小声でいう。「でも、なぜこの船の人はあなたのことをベックリンと呼ぶの？　二十世紀のテラには、アルノルト・ベックリンという名の象徴主義の有名画家兼彫刻家がいた。でも、かれとの共通点はなさそうね」

「もちろん、ありません。わたしは多種多様な種族の神話をテーマにしたヴィデオ彫刻をつくっているだけです」

「え、そうなの！」エイレーネはそれ以上なにもいわなかった。

*

リオン・ウィングは、卓状山地の北の砂漠で猛威を振るうサイクロンの目のなかに《クレイジー・ホース》を移動させた。

「あのときと同じだわ」エイレーネがいった。

「季節もほぼ同じね」ヌリア・ガイ・ツァヒディは伝説のクロスボウのレプリカを組みたてながらいった。それは分解されて洗浄されたもので、先端技術により〝改良〟までされていた。

バス＝テトのイルナは船内クリニックを去って以来はじめて周囲の環境に興味をしめす。

全周スクリーンに、船をとりかこむ破壊的な大嵐がうつしだされている。それは最大風速千キロメートルの超高速で渦を巻く、直径十二キロメートルの巨大ハリケーン。数百万立方メートルの空気を大気圏上層部へと運んでいる。超大型高速リフトといっても過言ではない。上空の凍《い》てつく寒さのなかで水蒸気は凝結し、雲や雨となり、そのさいに放出された大量の熱がサイクロンの吸引力をよりいっそう強めていた。

「かなり強い風です」エシュクラル・ノグヒム・ドラグスが猛威を振るう嵐を観察しながらいった。

そのとき、ヌリアが高速の竜巻のなかで回転している黒い瓦礫《がれき》の塊りを指さしながら、皮肉をこめていった。

「強い風ですって？　このハリケーンは化け物よ。地上付近では中心気圧がどんどん低くなっている。このままじゃ、トロナハエの砂漠船と構造物は、安全な基地か地下にでもないかぎり粉々に破壊されてしまうわ。あなたの星にはもっと強力なサイクロンが出現するとでもいうの？」

「はい。ある時期には風が強すぎて《クレイジー・ホース》のような艦船でさえ着陸することができません」ドラグスが語気を強めていった。「でも、その時期をのぞけば、いい天気がつづきます」大きなヤギのような目が、信頼に満ちた眼差しでサン人のヌリアを見つめる。「とはいえ、いい天気がどういうものかは意見がわかれるところですが……」

そのとき、リオン・ウィングが無言で笑みを浮かべながらセンサー・ポイントをたたき、シントロニクス結合体に操縦回路を手動に変更する命令を出す。とはいえ本当は、そんなことは必要なかった。シントロニクスに自動着陸を命じさえすれば、安全に、ブガクリスの特定の地点に着陸することができるからだ。しかし、かれのような男にとって自動操縦などよけいなものに思えるのだ。

「ベックリン、いつかオクストーンに遊びにこい」オクストーン人の船長がいう。

「また銀河系への道が開けたら、よろこんでうかがいますよ」ドラグスは答えた。「オクストーンの世界を直接この目で見て、その神話をテーマにしてヴィデオ彫刻をつくるのがわたしの夢です」

「ああ、また道が開きさえすれば！」リオン・ウィングは苦々しげに叫び、右こぶしで左のてのひらを何度もたたいた。「そのためには、さらなる血が流されなければならん！　もう、うんざりだ！　なぜ、みんな平和に暮らせないんだ！」

乗員はみな無言でそれを聞いている。そのとおりだと思ったからだ。だれもが平和を望んでいる。それなのに、死のにおいがする危険な暗い谷で、理想にはほど遠い生活を送ることを余儀なくされているのだ。

　そのときイルナが突然、背筋を伸ばし、まばたきひとつせずに南の方角を見つめる。

「あそこだわ！」と、抑揚のない声でささやく。からだがわずかに揺れている。「過去と未来。ある場所ではそれらは同時に流れ、はじまりも終わりもない永遠の環を形成している」

　そういって目を見開くと、自分が宇宙船の司令室にいることに、いま気づいたかのように驚いた。

「ゼロ夢を見ていたの？」エイレーネがイルナに歩みよってたずねた。

「わからない」と、イルナ。「なにかを見たような気がする。ゼロ夢かもしれないし、ただの白昼夢かもしれない。思いだせないわ。いやな予感だけがのこっている。あのとき、わたしが見つけた、邪悪で、謎めいているものが、まだそこにあるという予感が」

「そんな予感は捨てさるべきです、イルナ嬢！」ドラグスは真剣な表情でいった。「船長、インターヴァル砲で、タヴール殿が悪魔の卵から孵化《ふか》した場所を粉砕してはどうでしょう？」

「それはイルナ自身が決めることだ」ウィングは答えた。

　イルナは全員の視線が自分に向けられるのを感じる。

「でも、そこには悪だけでなく、善がある可能性もある」と、いって顔をしかめる。

「あのとき、タヴールがいったなにかが、あることを思いださせてくれた。でも、慌ただしさのなかで、それを忘れてしまった。謎は破壊するのではなく究明するもの。船長、メテモアの郊外に着陸してください！」

「もうしている」と、船長。「アトランからハウリ人の砂漠都市に着陸するようにとの指示が出された。その都市は卓状山地テラニアの近くにある」

「わたしの目的地もその近くです」と、イルナがつけくわえた。

《クレイジー・ホース》の船体がゆっくりと下降する。サイクロンの風速が上昇すると、ウィングが簡易防御バリアのスイッチを入れる。すると、巨大ハリケーンが船からはなれた。

　数分後、着陸予定の町から嵐は去った。椀状の渓谷にある、巨大ドーム形建造物が立ちならぶその町はメテモアと呼ばれる。

《クレイジー・ホース》は町から五百メートルはなれたところで、重力機械式の〝着陸脚〟で船体を支持しながら着地した。

7

バス＝テトのイルナは、けたたましい鳴き声を聞いて短い眠りから目ざめた。背の低い登山用テントのゴム製の床の上に、セランを着て横になっていることに気づく。すぐに、自分がいまどこにいるのかを思いだした。

渓谷の入口。そこにかくされたゲートをとおって秘密基地に侵入してから早一年が経過していた。

イルナは寝返りを打って、マグネットでとめられたテントの入口を開けると、這って外に出た。

最初に見えたのはヌリア・ガイ・ツァヒディ。

ヌリアは草におおわれた岩棚の上に足を組んですわり、目を細めて渓谷を見つめている。伝説の狩人ニムロドのクロスボウを太ももの上に置いている。

イルナも目を細めて光に満ちた峡谷を眺める。天気が変わる前触れだろうか。その光は不自然なほどはっきりと渓谷の輪郭を浮かびあがらせている。

ふたたび、けたたましい鳴き声が上空から聞こえてきた。上を向くと、十数匹の爬虫類が無毛の翼をひろげて快晴の空を旋回しているのが見える。陽光により暖められた卓状山地の平坦な頂上には上昇気流が生じている。どうやら爬虫類はそれを利用して飛んでいるようだ。

そう、ブガクリスにはドラゴンが生息するのだ！

「いい天気ね」ヌリアが微動だにせずいった。

「寝坊しちゃったわ」イルナはそういうと背のびをする。「みんなはどこにいるの？」

「ベックリンは峡谷を調査中。カーシャムは朝食の準備をしているわ」

「もうすぐできるぞ！」《クレイジー・ホース》の火星人航法士、カーシャム・タルの声がテントから聞こえてきた。

コーヒーとハムとトーストの香りがして、イルナはほほえむ。

そして、キッチン・テントのうしろにある泉にいき、氷のように冷たい清水で顔を洗った。その清水は一行が前日に登ってきた斜面を流れ落ちて小川と化している。

イルナが振りかえると、そこにエシュクラル・ノグヒム・ドラグスがいた。

身長わずか四十センチメートルのトクルント人は胸部を開いたままセランを着ている。そこからテラのアスリート並みの強靭《きょうじん》な肉体が見える。右手で腕の長さほどのヘビをつかんでいた。

「狩りに出かけていたの?」イルナがたずねる。

「調査のついでに捕まえたのです」ドラグスが答えた。「イルナ嬢、ヘビはお嫌いですか?」

「嫌いじゃないわ。ヘビやそれに似た生物は食べたことがあるから」

「いかがですか?」ドラグスがおだやかにたずねた。「皮をはいで、電子レンジでチンするだけです」

「ありがとう。でも、ハムトーストができあがったようだから、そちらをいただくわ」

イルナが笑みを浮かべていった。

「卵もあるぞ!」カーシャム・タルがキッチン・テントから出てきて、その前に折りたたみ式のテーブルを置く。

一分後には、食事の準備がととのった。カップからはコーヒーが湯気をたて、皿には分厚いハムがのったバタートーストが、エッグカップにはゆで卵がのせられている。

イルナとヌリアとタルは、コーヒー豆からつくられていないコーヒーと、乳製品ではないバターとニワトリが生んだわけではない卵を味わう。それらはすべて《クレイジー・ホース》の〝魔法の台所〟でつくられた代替食材だ。

数分後、ドラグスもテーブルについた。皮をはいでよく焼いたヘビは、見た目も香りも非常においしそうだ。ドラグスはそれをナイフとフォークで上品に食べた。

「秘密基地の痕跡を見つけました」トクルント人が食べながら報告する。「大部分は粉々に砕かれ、そのほかの部分は、ガス化したり、溶融固形物と化したりしていました」

「それなら、もう安心ね！」ヌリアが安堵していった。「さあ、船にもどりましょう」

「それはいやだね」タルが反論する。「もしかすると、その溶融固形物の下に秘密基地の一部がまだのこされているかもしれない。それを調べれば、あらたな認識がえられるはずだ。だれが、なんのためにこの基地を建設したのか、調べてみる価値はあると思う」

ドラグスは満面の笑みを浮かべると、セランの外ポケットから銀色の細い糸できつく編まれたネット状の物体をとりだした。

「これはなんでしょう？」興味津々《きょうみしんしん》で全員にたずねた。

「使い古したヘア・ネットでしょ」ヌリアがあきれたように答える。

イルナはドラグスの手からネットの切れ端を奪うと、細部を観察し、しずかにいった。

「これはダスト・フィルター装置の破片だわ。われわれがシントロニクスの中心部に設置しているものと同じよ。ベックリン殿、これをどこで見つけたの？」

「空飛ぶドラゴンの空の巣のなかで見つけました。ですが、ドラゴンが瓦礫の山の奥深くに埋まったダスト・フィルター装置に到達したとは考えられません。ちなみに巣のなかには、かつてドラゴンが捕食した動物の古い骨ものこっていました。たとえば、齧歯《げっし》類《るい》の牙などが」

「それだわ！」イルナが興奮して叫んだ。「ネズミは地下にもぐって枝状のトンネルを掘る習性がある。おそらく、そのネズミはトンネルをつくるさいにダスト・フィルター装置にぶちあたり、フィルターの一部を噛みきって地表に引きずりだしたのよ。そしてネズミを捕らえたドラゴンは、その切れ端で巣をつくろうとした。それはつまり、瓦礫の下にシントロニクスやポジトロニクスのような人工知能が存在する証拠だわ」

「それでも、ドラゴンが瓦礫のなかからフィルターの切れ端を見つけだした可能性も否定できないわ」ヌリアがいった。

ドラグスはイルナからフィルターの切れ端を受けとると、それを真上に投げた。落ちてきたところをキャッチする。それを見ていた者は、ネットがいかにしなやかで、柔らかいかを理解した。

「ヌリア嬢、溶融固形物におおわれた、あの瓦礫の山を見れば、それが不可能であることは一目瞭然です」ドラグスが説明する。

「ああ、ベックリン殿、あなたがそんなに賢くなければよかったのに！」ヌリアはそういうと、風のない暖かい日であるにもかかわらず、突然、身を震わせた。「イルナ、古代の謎は瓦礫の下で眠らせておくべきよ！　眠れる獅子を起こしてはいけない」

その口調と表情から、ヌリアが真剣であることが見てとれた。不吉な予感にとりつかれ、イルナが危険な賭けに出ることを恐れているようだ。

これがべつの状況であれば、イルナはその助言をすなおに受けいれただろう。

しかし、秘密基地の誘惑はあまりにも強力だった。アコンのもとエネルギー・コマンドとしての血がさわぐ。

イルナは深呼吸をすると決断した。「一時間後に出発よ！」

＊

その空洞リゾネーターは自由商人の工場でつくられた特注品だ。数千年前にM－30の中心で巨大惑星が爆発した。そのさいにできたテラの月ほどの大きさの岩石惑星に、インケロニウムの鉱脈があることがわかった。その鉱脈を検出するためにつくられたのが空洞リゾネーターなのだ。

インケロニウムは反物質をあつかうさいには欠かせない物質だ。宇宙でも希少なその鉱物は、探すだけで大きな経済的負担がかかるため、弱小組織が手をだせるたぐいのものではない。数百年前は、銀河イーストサイドにある惑星マヴェリックが唯一の産地だった。しかし、マヴェリックへの飛行は銀河系への飛行と同じくらい困難だ。そのため、M－30でインケロニウム鉱床が発見されたことは画期的といってよかった。

自由商人は特殊空洞リゾネーターの最初の見本を製造するとすぐに、それを岩石惑星に輸送しようとした。しかし、輸送船はリゾネーターとともに姿を消してしまう。

その二号機は、ブガクリス遠征の計画が浮上したころに完成した。ロワ・ダントンは周囲の猛反対を押しきってリゾネーターをブガクリス遠征隊に託した。

そしていま、その空洞リゾネーターは、強力な反重力プラットフォームの下に設置され、嵐の世界の山中の瓦礫の上を浮遊している。

外見は、長さ三メートル、直径一メートルのコマに似ている。コマの心棒に似た先端部は瓦礫のほうを向き、そこから受信されたデータは、反重力プラットフォームの下から上に伸びる三本の管をとおして制御コンソールに送られる。制御コンソールにはシントロニクスが内蔵されていた。

制御ユニット全体を管理しているヌリア・ガイ・ツァヒディが、主制御コンソールの前にすわり、その隣りではバス＝テトのイルナがモニターを確認している。画面には、シントロニクスが知的生命体向けに事前処理をおこない、理解可能となったデータが表示されていた。

この特殊空洞リゾネーターは次のように機能する。まず、内部にある九百個の空洞のなかでハイパーエネルギー性の振動がつくりだされる。それにより、ホワルゴニウムの塊りからできた放射ヘッドに六次元の振動フィールドがつくられる。その振動フィールドはほとんどすべての物質をゼロ時間で貫通し、そのさいにハイパー・エコーを発生させる。ハイパー・エコーは超光速で跳ねかえり、アンテナの役割をはたすリゾネーターの先端部で受信され、電磁的に拡大された状態でシントロニクスに送られる。シントロニクスはそのかたちのままデータを分析するのだ。

イルナがモニターで見ていたのは、シントロニクスが〝加工した〟データだった。具体的にいうと、どの元素と化合物が瓦礫の下の物質を構成し、どの密度分布が優勢で、どの反応が生じたかをしめすデータを確認していたのだ。

とはいえ、空洞リゾネーターは危険な反応を起こすおそれもある。

そうした事態にそなえて、ヌリアの操縦席の横には赤いスイッチ・プレートが設置されていた。緊急時に、シントロニクスが即座に反応しない場合はそれをたたけばいい。すると空洞リゾネーターと乗員はすぐに、帯電し分極されたパラトロン・バリアにつつまれ、反重力装置ごと二千メートル上空に打ちあげられる。もちろん、乗員がそうした暴力的なスタートに耐えられるよう加速圧吸収装置も設置されていた。

「深度四十メートル」イルナがデータを読みあげる。「まだ異状は見つからないわ。瓦礫と溶融固形物が見られるだけよ」

イルナは測定開始の数秒前は気絶しそうなほど緊張していたが、いまは完全におちついていた。

「もうすぐ、こんなことをしてもむだだとわかるわ」ヌリアが皮肉をこめていう。

「必要なら、わたしが分子破壊装置で、深さ千キロメートルの穴を掘ってやるよ」カーシャム・タルがヘルメット無線を介していった。全員がセランを着用し、無線を使っていた。

「火星人にしては冒険好きね」と、イルナ。

「火星人！」ヌリアがあきれたように肩をすくめる。「カーシャムは火星人の血を引いてはいても、火星を遠くからすら見たこともないのよ」

「母さんがわたしを生んだとき、火星のドキュメンタリー映画のヴィデオを流してくれていた。だから、見たことはある！」タルが抗議した。

　イルナはほほえむ。

　そして次の瞬間、身をこわばらせた。

「とめて、ヌリア！」と、抑揚のない声でいった。「通路よ！　五十メートル下に通路がある。幅は三・五メートル、壁はインケニット製。いや、インケニットじゃない。似たような合金。非銀河系メタルプラスティックの、あのインケロニウム三六三だわ！　信じられない！」

「非銀河系メタルプラスティックは知っているわ」と、ヌリア。「銀河系には存在しない鉱物を混ぜたプラスティックのことよね。でも〝インケロニウム三六三〟ってなに？」

「擬似インケロニウムのことよ」イルナが語気を強めて説明する。「ほんもののインケロニウムではないけれど、長期間、高圧で熱処理することで、ほんもののインケロニウムと同じ性質を持たせることができるの。NGC四五九四にしか存在しない。その銀河はソンブレロ銀河、または、その銀河を制圧している知的生命体からはグルエルフィンとも呼ばれている」

「グルエルフィン」ヌリアがくりかえす。「カピン族の銀河ね。でも、いまわたしたちがいるのは、六百九十六年前はタルカン宇宙に属していた惑星よ。破壊された秘密基地が古代のものなら、グルエルフィンの知的生命体があるとき、タルカンへ遷移したとも考えられる」

「わたしたちができたのだから、かれらにできないわけがない」と、イルナ。「カピンですって！　なにかがひっかかる。だけど、それがなにかはわからない。ヌリア、通路部分をマーキングした画像を転送するから、振動フィールドでそのラインをたどって！」

「了解」ヌリアは声を絞りだすようにいった。「画像がとどいたのでラインをたどるわ。偉大なる狩人がわれわれを守ってくれますように！」

「気をつけてください！」エシュクラル・ノグヒム・ドラグスがヘルメット無線を介していった。「わたしがそちらにいきましょうか？」

「よけいなことはしないで、ベックリン殿！」と、ヌリア。

イルナはふたりの会話を無視してデータの確認に集中する。

「通路はくだり坂で、南へ真っすぐにのびている」と、説明をはじめた。「三十メートルほど先に部屋がある。そこから第二の通路がはじまる。それは最初の通路と同じ傾斜のくだり坂で、北へ真っすぐにのびている」

「なぜ、分子破壊装置を使って通路にもぐりこまない？」タルがもどかしそうにたずねた。

だれも答えない。

「その先には第二の部屋がある」しばらくして、イルナがつづける。「そこから第三の通路が北へ真っすぐにのびている。ヌリア、空洞リゾネーターは正常に作動している？データに突然、矛盾が見られるわ」

「リゾネーター自体は正常に機能している。でも、ハイパー・エコーの数が二倍になっている。ありえない！」

「ヌリア嬢、空間走査探知機を確認してください！」ドラグスがいった。

「信じられない！」ヌリアが叫んだ。「ヴァーチャル・ビルダーが使用されているわ！ほんものの船からすこしはなれた場所に船の幻影をうつしだすあの装置よ。だから走査探知機を使うと、ハイパー・エコーの数が突然二倍になったのよ」

「つまり、どこかで対探知システムが作動しているということ」と、イルナ。

「あるいは、眠っていた対探知システムを、われわれが起動させてしまったのかもしれません」ドラグスがつけくわえた。

「まるで火薬庫にいるような気分だわ」ヌリアが嘆く。「でも、どのハイパー・エコーがほんものかしら？」

「シントロンなら、それを数学的に判断できるはずよ」と、イルナ。「できない場合は、追加で振動超音波を垂直方向に放射するのがいいと思う。つまり、第一と第二の部屋の真上から放射するのよ」

「手動でやってみるわ」ヌリアが答えた。「シントロンの計算によると、第三の通路は北もしくは東へのびている」

「そんなことは、おれの二歳の息子でもいえるぞ」カーシャム・タルが鼻で笑う。

「でも、息子さんもあなたも、イルナ嬢が非論理的な提案をしたことに気づいていないでしょう」ドラグスが口をはさんだ。

イルナは納得してほほえんだ。

ドラグスのいうとおりだった。彼女は意図して非論理的に思える提案をしたのだ。地下に対探知システムがあるのなら、第三の通路の探知画像だけが偽造されているなんてことはありえない。リゾネーターには最初から偽のハイパー・エコーが送られていたにちがいない。それをドラグスもわかっていたのだ。

「第三の部屋があるわ」ヌリアが提案にしたがい、振動超音波を垂直に放射すると、イルナが満足げにいった。「三つの部屋は垂直線上にならんでいる」

「ということはつまり、三つの通路は実際には特定の方向に真っすぐにのびているわけではないということね。半円形、いや半らせん状になっているはず」と、ヌリア。「そうでなければ、垂直にならんだ部屋同士をつなげることはできない」

「わたしもそう思う」と、イルナ。「でも、まったくちがう可能性もある。ようやく巨大ハンマーを手にするときがきたわ」

「女はこれだから困る！」タルが嘆くように叫んだ。「なぜ最初から、わたしのいうことを聞いて分子破壊装置を使わなかったんだ？」

「なぜって？」ヌリアが見くだすようにいう。「女はかんたんなことよりも複雑なことを重視するからよ！　さあ、巨大ハンマーの準備をして！」

　そういうとヌリアはリゾネーターを搭載した反重力プラットフォームを瓦礫から遠ざけた。つづいて、タルがさっきまでリゾネーターが浮遊していた場所に、大型分子破壊装置つき反重力プラットフォームを移動させる。

　タルの隣りにすわるドラグスが緊急システムを作動させる。セランのシールドごしに見えるかれの〝ヒツジ顔〟は微動だにしない。

タルはめざすポイントまで反重力プラットフォームを移動させると、そこからさらに十メートル上昇し、分子破壊ビームを発射した。シリンダー形のグリーンに輝く五次元フィールドが、射程内のすべての物質の電子核間の引力を相殺し、物質を膨張する気体に変えながら瓦礫のなかに侵入する。

ヌリアとイルナが視線を交わす。

一分、二分と時間はすぎていく。そして三分がすぎたとき、それは起こった。

突然、分子破壊装置の下の空気が光りだすと、大量の塵が舞い、まず分子破壊装置が、次にふたりの遠征隊員を乗せた反重力プラットフォームが消滅した。

そこで、ヌリアが制御盤の横の赤いスイッチ・プレートをたたく。すぐに目の前の景色が一変し、数匹のドラゴンが浮遊する空しか見えなくなる。

ヌリアとイルナは高度二千メートルの上空にいた。

そこから三百メートル上空は、ふたつめのパラトロン・バリアにおおわれている。

「複雑なことよりもかんたんなことを重視するから、こんなことになるのよ！」ヌリアが皮肉をいった。「男はこれだから困る」

「そのとおりです、ヌリア嬢」ドラグスの声がヘルメット無線から聞こえた。「でも、その言葉は気絶しているカーシャムにはとどいておりません。残念ながら、分子破壊装置は手ばなさざるを得ませんでした。超高速で、地下からインターヴァル砲が発射されたため、プラットフォームのシントロンの反応がナノ秒遅れたのです」

「信じられない」ヌリアがつぶやく。「でも、起こってしまった以上、信じるしかないわね。地下にあるインターヴァル砲がわれわれのものよりもすぐれているなんて。《クレイジー・ホース》にもどって船から惑星のこのエリアを破壊すべきだわ」

「それには賛成できない」と、イルナ。「瞬時に照準されたインターヴァル砲のハイパーフィールドなら、分子破壊装置と反重力プラットフォームを同時に破壊できたはずよ。ハイパーエネルギー性のインターヴァル砲の到達時間はゼロだから、砲弾は砲口からはなれた瞬間に標的に到達する。つまり、真空や空中を通過せずに射程内で突如爆発するの。それなのに、両者は破壊されなかった」

「イルナ嬢、知能指数が高すぎると命とりになります」ドラグスが重々しい口調でいう。

「知能指数なんていまは関係ないわ」イルナは反論すると、ヌリアを見た。「あなたたなら、わたしがなにをいいたいのか、わかるでしょ。宇宙船の設計者兼エンジニアなら、それくらいわかるはずよ」

　ヌリアは下を向く。

「もちろんよ。分子破壊装置と反重力プラットフォームはインターヴァル砲で攻撃されたのではなく、インターヴァル砲の爆発に巻きこまれただけだわ。有効射程がもっとひろかったら、分子破壊装置とプラットフォームはともに破壊されていたでしょう」

「もちろん、われわれも死んでいたはず」ヌリアはつけくわえた。

　イルナがうなずく。

「爆弾を爆発させたのが、だれであれ、なんであれ、事前に計画を立てることはできたはずよ。それなら、もっと射程距離の長い砲弾を使うか、あるいは二発以上の砲弾を同時に爆発させればよかったのに。でも敵はそうしなかった。なぜなら、すでにエネルギーを使いはたしていたからよ。よって、この先攻撃される可能性は低いと思う」

「筋のとおった考え方です」と、ドラグス。

「でも分子破壊装置はもうないのよ」ヌリアが口をはさむ。「だから、これ以上敵に近づくことはできない。携帯用の分子破壊銃だけで瓦礫のなかに侵入するのは、歯科用ドリルでテラニアの山を崩そうとするのと同じだわ」

「敵の最終手段があの砲撃だったのよ」イルナが冷静に説明する。「敵自身も今回の爆撃により打撃を受けたはず。いまは完全に無防備な状態にあるにちがいないわ」

「あなたの冷徹さには驚くばかりだわ」ヌリアが肩を落としていう。「でもきっと、あなたのいうとおりよ。だけど、敵はまだほかの攻撃手段を持っているかもしれない。なぜ、恐くないの？　もちろん、あなたが冷酷無比で悪名高いアコンのエネルギー・コマンドのトップエージェントだったことは知っているわ。それでも、感情というものはまだ持ちあわせているはずよ」

イルナは顔をこわばらせてヌリアを見た。

「瓦礫のなかに侵入するのは、死ぬほど恐いわ」感情をおさえていう。「でも、なにもしないのはもっと恐い」

「それが、わたしには理解できないの」ヌリアが不安をあらわにする。

「ヌリア嬢、この世には死よりも恐ろしいことがあるのです」と、ドラグス。「イルナ嬢に選択の余地はありません。なぜなら彼女が踏みだそうとしているその一歩は、すでに運命づけられているからです」

「それは本当なの、イルナ？」と、ヌリア。

「わからないわ」イルナは正直に答える。

「もう、いい！」ヌリアは震えながらいった。「それなら、あなたの運命に賭けてみる！　ベックリン殿、わたしとイルナはカーシャムが意識をとりもどしたらすぐにプラットフォームで弾孔まで飛び、そこで降機する！」

「ヌリア嬢、あなたのその勇気をたたえます」ドラグスが賞讃した。

8

崩れた岩塊が弾孔の四分の一をふさいでいるため、携帯用の分子破壊銃を使ってそれを除去する。

とはいえ、密度の低い岩石はかんたんにとりのぞくことができた。

二時間後、四人は唯一爆破をまぬがれた第三の部屋に入った。そこには地下へとつづく垂直シリンダー形の竪穴がある。穴の表面はインケロニウム三六三でコーティングされていた。

「階段も手すりもない」ヌリア・ガイ・ツァヒディが、明度の高い手持ちスポットライトで百メートル先まで穴を照らすといった。「おそらく昔は反重力リフトのシャフトとして使われていたんだわ。セランのグラヴォ・パックを使えば、反重力リフトと同じように浮きながらおりられる」

ヌリアが最初に竪穴に入ろうとする。しかし、バス＝テトのイルナがそれをとめて自分が先に入った。

「地下には、ある程度はなれていても、ペド能力者がアクセス可能なものがある気がするの。だから先にいかせてちょうだい！」

「問答無用、まずは行動ってわけね！」ヌリアが皮肉をこめていう。「いい考え方だわ！」

そして、グラヴォ・パックを起動させるとイルナのあとについた。エシュクラル・ノグヒム・ドラグスとカーシャム・タルも無言でつづいた。

数分後、四人はひろい谷底にいた。草地と林の群れが恒星の淡い赤色の光に照らされている。谷底の中央には高さ二百メートルほどの円錐形の山がそびえ立ち、まるみを帯びた頂上には複数の建築物が重なりあって立っている。それは悪夢に出てきそうな不気味なグレイの施設だった。

イルナはサアルクの毛むくじゃらの背中に乗せられている。騎士ドラグスに無理やり乗せられたのだ。頭を前後に振り、背中で両手を縛っている鎖をほどこうとするがうまくいかない。鎖を解かないかぎりサアルクから飛びおりることはできない。

スンヌックス聖杯の騎士はただ笑っている。

騎士は馬具に足をかけて馬の背中によじ登ると、装飾のほどこされた鞍《くら》にまたがり、イルナの首に革製の輪をかけた。そして輪についた紐を引っぱった。

輪が容赦なく首を絞めつけ、イルナは苦しさのあまり目を見開く。

「恒星の光の下で息をしていたもっとも美しい奴隷女性を生《い》け贄《にえ》として捧げれば、メテム神もさぞかしおよろこびになるだろう！」騎士ドラグスは勝ちほこったようにいった。

「ご主人さまは最高の獲物を捕らえられました」従者のタルも騎士に同意する。かれが乗る小柄なサアルクの前には、べつの縛られた奴隷女性がすわっている。「メテム神はこの女もお気に召されるでしょう。イルナほど美しくありませんが、なんたってヴロンの秘術を身につけているのですから」

タルは大笑いする。そのとき、奴隷がからだを大きくうしろにそらして首に噛みついてきた。思わず悲鳴をあげてのけぞる。

タルは激怒し、奴隷のからだを引きはなすと、サアルクの背中に交差するように押さえつけた。足首を紐で縛り、その上から手錠をかけた。一段落すると手の甲で頸筋の血を拭《ぬぐ》う。

「その女には気をつけろ！」騎士が注意する。「ヴロンの秘術を身につけた女はみな悪魔だ」

そのとき、イルナが苦しそうにのどを鳴らしながら声を絞りだした。

「バカね、ドラグス！　わたしがスカイドラゴン・マスターだってことを知らないの？　それなら、死んでそれを知るがいい！」

突如、空が暗くなると、ダークグレイのドラゴンが毛のない翼をひろげて飛んでくる。

その大群は雲のようにひろがり、赤く輝く恒星の光をさえぎり、らせんを描きながら下降する。ドラゴンがいかに獰猛《どうもう》かは、けたたましい鳴き声を聞くだけで明らかだ。

「われはスンヌックス聖杯の騎士であるぞ！」ドラグスが怒声をあげる。「殺し屋陛下よ、巣に帰れ。われに近づけば、神の掟に逆らうことになるぞ」

「無限のパララクサムの前では、おまえは塵にすぎない！」耳をつんざくような声がした。

その声は四方八方に響きわたり、徐々に大きくなっていく。グレイの大群があわてて逃げだすと、悪夢は終わった。

*

「いったい、なにが起こったんだ？」エシュクラル・ノグヒム・ドラグスは大声をあげて飛びおきた。真剣な顔であたりを見まわす。

カーシャム・タルは鋼製の竪穴の底板の上にすわり、首を押さえながら茫然としている。

「なぜ、おれを嚙んだ？」タルはヌリア・ガイ・ツァヒディをにらみつけるとたずねた。

「正気にもどって、カーシャム！」と、ヌリア。「あれはぜんぶ夢だったのよ」

そういって自分の手首を見る。みみずばれができていることに気づいて目を見開く。

すぐに顔を起こすと、カーシャムの手をおそるおそる見た。なんと、指に血がついている。

「われわれは、みな正気よ」バス＝テトのイルナはそういって、声を出しにくいことに気づく。「もし夢のなかで死んでいたら、本当に命を落としていたかもしれないわ」

「ありえない！」と、タル。

「ありえます！」ドラグスがきっぱりという。「以前、プシオン装置によって無理やり夢を見させられた人々が、夢のなかで死に、実際に命を落としたという話を聞いたことがあります」そして青ざめたイルナの顔を見つめてたずねた。「イルナ嬢、パララクサムがなにかご存じですか？」

「おそらく、それはこの青銅の門の下にあるなにか。それが、われわれが同時に夢を見て、同時に目をさますよう仕組んだのよ」イルナは抑揚のない声で答えた。

「青銅の門？」タルは自分の足のあいだにあるメタルプラスティック板を見つめながらいった。「これは青銅でもないし、門でもない」

「通常の青銅でも、通常の門でもない」イルナが訂正する。「この下にあるのは、ただのプシオン装置ではない。きっと、それ以上のものよ。夢の終わりに、信じられないほど異質なÜBSEF定数の放出を感じたの」

しばらく気まずい沈黙がつづいたあと、ヌリアが小声でいった。

「イルナ、この下にある謎のものは、われわれを夢から目ざめさせたわ。ということはつまり、また夢を見させられて殺されかけることはもうない。われわれはこの金属板、つまり青銅の門をくぐって、さらに奥深くへ侵入することを許されたということかしら？」

「確信はないけれど、そうではないと思う。異質なÜBSEF定数を感知したとき、パニックのようなものを感じたの。パララクサムの正体はわからない。でも、それは侵害されつづければ、おそらく非合理的な反応をし、自己防衛のためにわれわれを殺すでしょう」

「自己防衛？」タルはくりかえした。「イルナ、おれたちはパララクサムの敵なのか？」

「パララクサムから見ると、われわれは敵よ。それは変えられない。なぜならパララクサムは自身の主観的な考えを客観的に正しいと判断しているのだから。おそらく、無意識に現実を見ないようにしているのよ。こうした状況下で、さらに奥深くへ侵入することは絶対に避けたほうがいいと思う」

「そのとおり！」ヌリアが安堵の表情を浮かべた。「イルナ、あなたならきっとこの調査が無意味だと気づいてくれると信じていたわ！　できるだけ早く引きかえしましょう！」

「でも、この上、つまり、青銅の門の手前にいるかぎりは安全です」ドラグスがさりげなくいう。

「そんなこといわないで！」ヌリアが叫んだ。「イルナはいま、正気にもどろうとしているのよ！」

「だれがなんといおうが、わたしの決心はすでにかたまっているわ」イルナのかたい決意が、その口調から伝わってくる。「異質なÜBSEF定数を感知したことは、すでに話したわね。みんなも知ってのとおり、わたしはペド能力者よ。ペド能力を使えば、この青銅の門の手前から、その異質な〝重層セクスタ関連周波数〟を引きつぐことができる。そうすればすくなくとも、パララクサムの特性を明らかにできると思う。場合によっては、パララクサムをおちつかせて、われわれが近づけるよう仕向けることもできるかもしれない」

「パララクサムがそんなに重要なの？」ヌリアが怪訝《けげん》そうにたずねた。

「わたしにとっては重要よ」と、イルナ。「そしておそらく、クロノパルス壁の外に追いだされたか、または、内に閉じこめられている種族にとっても重要よ。だからこそ前に進むしかないの」

「イルナ嬢、応援いたします！」ドラグスはそういってうるんだ瞳でイルナを見つめる。

「おれもだ」と、タル。「きみについていくよ」

ヌリアもなにかいおうとするが、言葉にならない。
ただ泣きながらおや指を立てて賛意をしめした。

9

それはいつもと同じだった。

バス＝テトのイルナの全意識が、四次元時空連続体のなかでは道具として使われている構造体から切りはなされる。その構造体は回転しながら相互に作用する多くの原子からできている。見た目は柔らかくて目の粗い網のようだが、空間的にはつねに制限されている。

イルナはその構造体の上を無重力状態で浮かんでいる。けれども、自分の意識がその構造体のなかにあったときと同じような感覚でそれを見ている。つまり、その構造体を客観視してはいない。

それは進化の過程で種ごとに役割があたえられた細胞とミクロの世界の機能物質からなる有機体。肉体とも呼ばれる。

ほかのペド能力者の場合、ペドトランスファーをすると、肉体が見えなくなってしまう。しかし、イルナは自分の肉体が正常なかたちのままそこにあることを確認することができる。そのおかげで、気持ちをおちつけることができた。

まもなく、イルナはプシオン・エネルギーを集めると、非物質のハイパーセクスタ・モジュールパラ放射としてパララクサムのなかに侵入した。パララクサムを精神的に引きつぎ、その本質を理解することが目的だ。

しかし、その目的には達成できなかった。

イルナの意識のなかでなにかが爆発し、意識を失いそうになったからだ。しかし、べつのなにかが、意識が永遠の闇に転落するのを防いだ。そのなにかはイルナに、プシオン壁であるX次元の防御バリアに衝突したことを伝える。そのおかげで、みずからを救う唯一の方法を見つけることができた。

その方法とはゼロ夢への逃避。

ゼロ夢のなかでは、千年は一日のごとく過ぎさり、物質の力は無と化す。時間の束縛からも解放される……

*

夜の闇が嵐の惑星の冷たい海をおおいつくしている。荒涼とした大地にはなにもない。いっぽう昼間は、大昔に圧縮され、〝点火された〟燃える球体が四方八方を明るく照らす。嵐の世界に到達した光の破片はさまざまな反応をひきおこす。

まず、赤道直下の比較的暖かい海域を飛びかう原子が急激に動いてぶつかりあう。次に、そのうちのいくつかが結合して分子を形成し、それらはしだいに周囲の物質と交わる能力を身につけていく。

とはいえ、この世界ではそれ以上のことは起こらない。

決定的ななにかが欠けているために、分子は飛躍的に進化して新しいものをつくりだすことができない。つまり、生きた細胞や生命を生みだすことができないのだ。

嵐の世界は、熱されても、けっして沸騰しない鍋のようだ。必要な自然条件がそろっていないどころか、将来、それらがそろう可能性もない。

しかし、自然の力だけでは不可能なことを可能にする、精神的進化の段階に達した知的生命体がいた。

かれらは遠路はるばるこの惑星にやってきた。とはいえ、種族の全員が死んでしまうほど飛行時間を費《つい》やしたわけではない。かれらは星や銀河のあいだを超高速で飛行できる宇宙船を持っていたからだ。

バス＝テトのイルナは、その船が嵐の惑星に着陸するのを見る。下船した乗員はイルナにとって見知らぬ存在ではない。

いますぐ駆けよって話しかけたい衝動にかられる。

「それは不可能だ」イルナのうしろから声が聞こえた。

振りかえると、反物質の幻のようなものが見える。それは細長い顔と動く金色の目がついた半透明のヒト形の〝光体〟だった。

「あなたはだれ？」イルナがたずねる。

「思考だ」光体は答えた。「でも、わたしはいつかアムン＝シタイになる」

「わたしはバス＝テトのイルナ。この惑星にやってきた知的生命体と話をしたいの。かれらがなにをしようとしているのかは、だいたいわかるわ。そうせざるをえないということも」

「夢を見ている者が、現実に存在する者たちと接触することはできない」光体が反論する。「おまえがここにいるのは、ゼロ夢を見ているからにすぎない」

「それは不可能ということ？」と、イルナはたずねた。「でも、それではなぜあなたと話すことができるのかしら？　あなたはここ、つまりゼロ夢のなかにだけ存在するの？」

「われわれはここで出会ったが、いまここに存在しているわけではない」光体が低い声で説明をつづける。「だからこそおまえは、実際にはここに存在しないわたしを見たり、その声を聞いたりすることができるのだ」

「でもわたしには、いましたいことが……！」イルナが叫んだ。

「夢を見ている者がなにかを望むことはできない」光体が警告する。「観察し、見たものすべてを吸収し、記憶するのだ。肉体にもどったときに、それらをみずからの知識とすることができるように！」

光体は輝きを失いながら膨張し、消えていった。

イルナは自分の意識が深いところまでかき乱されたように感じる。しかし、意志を強く持って光体にいわれたことを実行する。

惑星にやってきた異人がホールを建て、そのなかで海の分子や分子鎖を使って実験する姿を観察する。実験は成功し、無生物は徐々に進化し、生命を誕生させた。

すぐに海は生命で満たされ、やがてそれらは陸地へとあがる。

しかし、イルナは、その生きた構造体がある段階までしか進化しないことに気づく。進化が途中でとまってしまったのだ。それらの構造体は生物のような自己完結型の生体システムには発展せずに、その青写真ともいえるＤＮＡの二重らせん構造を次々と生みだしては、未完成のまま消えていった。

無数の生命に急激な変化の可能性を〝植えつける〟ＤＮＡは、可能性の宝庫といっていい。とはいえ、その可能性は遺伝子工学者が必要とするだけで、自然な進化の過程をたどる創世の世界では役にたたないのだ。

ここで、イルナにとって最悪なことがひとつあった。それは、自分の家族が、この嵐の惑星で何世代にもわたり無責任な研究をつづけてきた遺伝子工学者たちの遺伝子を引きついでいるということ。

グルエルフィン銀河のカピン族の遺伝子を！

イルナは夢にとどまり、次世代の動向を追う。そして、カピン族がある時期から、DNAの培地として利用してきた嵐の惑星に興味を持たなくなったことを知る。実験なかばでとりのこされた生命は、独自の法則にしたがって変化し、あるとき、グルエルフィン銀河のすべての文明をおびやかすほど危険なものへと変異する。

そこでふたたび、カピン族が嵐の惑星にやってきた。

しかし、今回やってきたのは、非道徳的な遺伝子工学者ではなく、多くの宙域で、秘密結社〝遺伝子同盟〟の足跡を追い、適正な手段を使って生命の危険な変異をもとにもどす活動をしているカピンのグループだった。かれらの最終目標は、各生命が異世界の生命を脅かすことなく、あたえられた環境のなかで自給自足の種を形成すること。

しかし、そのグループはちいさな調整機関であるため、変異した生命が何度も世代交代してもとのかたちにもどるまで、同じ惑星で待ちつづけるわけにはいかない。そこで実行されたのが、ポジトロニクスとバイオニクスのふたつの要素をあわせ持つ分子脳を、調整段階にある惑星すべてに設置する計画だ。そのおかげで、すべての分子脳をX次元の無限ループでつなぎ、ひとつの機能ユニットに統合することで全惑星を管理することが可能になった。

かれらがその機能ユニットをパララクサムと呼んだのは、ユニットの本質が視差《パララックス》という概念にもとづいているからだ。視差とは、ふたつの場所から一点に向けられた二本の視線が交わる部分にできる角度のことである。

カピン人の分子脳を構成するふたつの要素が、共同でめざす目標こそが、その一点なのだ！

おそらく、その目標は多くの惑星で達成されるだろう。しかし、嵐の惑星では無理だ。というのも、この惑星はある宇宙に属しているからだ。その宇宙では、ひとつの巨大組織が、遺伝子同盟がすこしだけ試みてやめたことを強行しようとしていた。

そう、巨大組織ヘクサメロンは、宇宙の進化そのものをコントロールしようとしていたのだ。

ヘクサメロンは重力定数やそのほかの普遍的パラメーターを操作し、宇宙の膨張を収縮へと転換させようとした。宇宙の振り子の揺れをコントロールすれば、計画的に宇宙の破滅をひきおこし、それを乗りこえ、次のビッグバンから生まれてくる宇宙を思いどおりに創造できると考えたからだ。

こうしてイルナは、惑星の歴史を追うことで巨大組織の動機を知った。その動機は誇大妄想から生まれたとしかいいようのないものだった。

ヘクサメロンには、みずからを人格化し、アフ＝メテムと名のる権力者がいた。かれは、嵐の惑星で発見されたパララクサムの機能改変をおこない、それとプシオン有効フィールドを活用して、空飛ぶ大恐竜を進化させたいと考えた。そこで、補助種族のハウリ人を呼びよせると、かれらにその任務を託した。アフ＝メテムは大恐竜の知性を自然条件下では不可能なほど早く進化させ、近い将来、必要に応じて利用できる補助種族にしたかったのだ。

しかし、ハウリ人はパララクサムの機能改変をおこなう知識を持っていなかったか、パララクサム自体が権限のない者が機能改変できないよう設計されていたのだろう。炎の侯爵アフ＝メテムの希望はかなえられなかった。

そこで侯爵はふたたびハウリ人を呼びだすと、かれらの目の前でパララクサムとのちに〝殺し屋陛下〟と呼ばれることになる知的な空飛ぶ恐竜を解放した。

あのとき、ヘクサメロンとその敵対勢力の陰謀のせいで宇宙規模のカタストロフィが起こっていなければ、すべてはもとにもどっていただろう。しかし、それが起こってしまった以上、その影響は数百万年先までつづくことが予測された。

カタストロフィが起こったとき、嵐の惑星はすでにべつの宇宙にあった。同じ星系にある恒星とハンガイ銀河のほかのすべての物質とともにべつの宇宙に遷移されたからだ。カタストロフィの次元を超えた衝撃波は、複雑な構造物がない嵐の惑星には大きなダメージをあたえなかった。

しかし、パララクサムだけは例外だった。

衝撃波はパララクサムの六次元フィールド構造に影響をあたえ、欠陥をひきおこした。とはいえ、それは砂漠の惑星でこれから起こる事件の前触れにすぎなかった。

ある遭難者がこの惑星に不時着したことをきっかけに、状況は変わりはじめた。その男は、三種族の代表によってパララクサムの上に建設された秘密基地を発見してしまう。パララクサムが助けの手をさしのべなければ、男は死んでいただろう。男はそれを理解していたので、パララクサムがアクセス不可能なオペレーターの修正を手伝うことで恩返しをした。

その男こそが、ナート連合のさすらいの騎士タヴールだった。かれは非凡な学習能力を発揮し、惑星についての知識を収集する。そのせいで、パララクサムは騎士を警戒するようになり、オペレーターの修正が終わると、深い眠りにつかせて無害化した。

けれども、タヴールはパララクサムを助けたおかげで、数千個の体細胞からつねに、必要最小限の分裂促進放射線を放出できるからだになっていた。そのため、意識の一部は過去の記憶の断片を保持することができた。

そんななか、宇宙規模のカタストロフィの余波で、またもや二種族の宙航士が嵐の惑星に不時着した。パララクサムはタヴールに対してしたことと同じことをする。宙航士のなかから非常用の人材ストックになる者を選別し、その命を助けて捕虜にした。

しかし、のちにあらわれたべつの宙航士が、トロナハエと山の民の捕虜を見つけ、ハイテク兵器で防御しながら、かれらを連れさってしまう。そこで、パララクサムは拒絶反応を起こした。

秘密基地に保存されている兵器システムを再稼働させ、タヴールを目ざめさせると、不埒《ふらち》なＩＱハンターを殺害するよう命じた。

しかし、タヴールはそうした殺害は騎士の戒律に反するといって命令を拒否する。

パララクサムは罰としてタヴールをふたたび凍結させ、以前よりも深いエネルギー保存状態に置いた。そして、タヴールが調整できなくなった分裂促進放射線を悪用し、自分の惑星、つまり、ブガクリスで、ハイテク兵器を使用するすべての異人をパニックにおちいらせた。

しかし、そのせいで、異人たちは過剰反応を起こし、高エネルギー兵器を使って何匹もの殺し屋陛下を殺害してしまう。

即座にパララクサムの古代プログラムが再起動し、空飛ぶドラゴンを保護すべきとの判断をくだす。

それに対して、パララクサムはふたたび短絡的な反応を起こした。再度、タヴールを目ざめさせると、武器を持たせて秘密基地に送りこむ。それだけでなく、悪意ある異人と戦うための偽の動機もあたえた。

それでもタヴールはいうことを聞かなかった。

騎士としての名誉のためだといって、侵入者の理性的な考えを受けいれることを選んだのだ。それだけではない。その知的な侵入者に仕え、忠臣として身を捧げるという、裏切りをおかした。

パララクサムは、裏切り者のタヴールを殺すために秘密基地を破壊した。それは騎士をそそのかした侵入者に、敵は自滅したと信じさせるためでもあった。

その戦略は成功したかに見えた。

けれども、侵入者はふたたびもどってきた。しかも、その意志は以前よりもかたい。パララクサムを発見し、その支配者になるまで調査をつづけるつもりなのだ。

起きてはならないことが起ころうとしていた。

よって、パララクサムは、バス＝テトのイルナとその三人の仲間を攻撃した。しかし、それは失敗に終わった。かわりに、四人を夢の世界に導いて殺害しようとしたが、それも成功しなかった。

その結果、パララクサムの設計者とアフ＝メテム同様、ペド能力を持っているイルナが、ペドトランスファーを介してパララクサムのÜBSEF定数を精神的に引きつごうとしたのだ。

しかし、ペドトランスファーはX次元の防御バリアによって阻止された。幸運にも、イルナの意識は、六次元ショックを受けた直後にゼロ夢へ逃避したため、破滅をまぬがれた。そのかわりに、パララクサムの紆余曲折の歴史の本質を垣間見《かいまみ》ることになったのだ。

とはいえ、ある条件下では、ペドトランスファーによって分子脳を精神的に引きつぐことは可能だ。しかし、それは、ペドトランスファー能力者がゼロ夢から自分の肉体にもどって一秒以内に、ふたたびペドトランスファーを開始する場合のみ実現可能なのだ。

*

バス＝テトのイルナは、X次元の防衛バリアを乗りこえて、パララクサムを精神的に引きつぐ方法を探していた。しかし、探すのに夢中になりすぎて、いったん自分の肉体にもどることなく、ゼロ夢から二回めのペドトランスファーに直接移行してしまう。

それがまちがいだと気づいたときには、すでにあとの祭りだった。

けれども後悔する必要はなかった。六次元の無限ループへの侵入に成功し、そこから問題なくパララクサムのÜBSEF定数を制御できたからだ。

しかし、イルナは、パララクサムの分子脳をつなぐ無限ループが、六百九十六年ものあいだべつの意識によって占有されていることを知らない。その意識は、宇宙規模のカタストロフィの衝撃波を受けて、ペド能力を麻痺させられたために、そこに閉じこめられていたのだ。

よって、そのなかに侵入したイルナの意識は、重傷を負った人への輸血のような効果をもたらし、閉じこめられた意識のÜBSEF定数にあらたなエネルギーをあたえた。

しかし、あたえたエネルギーは、イルナが緊急時に身を守るために必要なものだった。イルナは自分の意識が時空を超えた旅に出ようとしていることに気づくと、セプタディム・インパルスを自分のからだに送りかえした。そうしておけば肉体は機能を維持しながら、意識の回復を待つことができるからだ。

もちろん、いつ意識が回復するのかは、まだわからないのだが……。

10

「イルナがもどってくる！」ヌリア・ガイ・ツァヒディが叫んだ。「震えているように見えたの」

「ヌリア嬢、それが本当ならいいのですが」エシュクラル・ノグヒム・ドラグスが測定機の値《あた》いを読みとりながらいった。「わたしはいま、自爆システムの起動信号になりうる六次元インパルスを測定中です」

　そのとき足元で、イルナが青銅の門と呼んでいた板が揺れ、地下から音が聞こえてきた。三人は身をこわばらせる。

「イルナ、目をさまして！」ヌリアが叫ぶ。「急いでここから出ないと！　早くもどってきて！」

「まだ意識は回復していません」と、ドラグス。「しかし、急がなければならないのは、イルナも同じ。意識がもどったとしても、健康な肉体がそこになければ、どうしようもありませんから」

そのとき、強烈な光が竪穴にさしこみ、爆音が響いたかと思うと、ふたたび暗くなる。

三人は無言でセランのグラヴォ・パックを作動させると、急いで上方へ逃げた。ヌリアとカーシャム・タルがイルナの肉体をあいだにはさんで運ぶ。

穴から出るやいなや、古い秘密基地の瓦礫の山が崩壊する。溶融固形物が集積している個所に、底の深いクレーターが出現する。それは山中に突然あらわれた巨大な真空といってよかった。

*

それから二日後のNGZ一一四四年三月十日……。

「パララクサム！」ヌリア・ガイ・ツァヒディの報告を聞いたエイレーネが、真顔でいった。

エイレーネは一時間前に、秘密基地の破壊現場付近に停泊する《クレイジー・ホース》にもどってきた。

コヴァル・インガードは数人乗りのドラゴンの骨と飛膜で作られた新しいハンググライダーでエイレーネを船まで送りとどけると、もう二度ともどるつもりはないといって、すぐに仲間のもとへ帰っていった。

だからといって、コヴァルがエイレーネとの別れを惜しんでいないわけではない。だからこそエイレーネも、この永遠の別れをつらいと感じていた。

だが、それもやがて過ぎ去るはず。

目下大事なことは、別れのつらさよりもイルナの命だ。

「イルナの体調は安定している。ゼロ夢、または異人の意識のなかにいて、この状態なら問題はないでしょう」ハワード・レスター博士が説明する。「意識がもどりさえすれば、からだは正常に機能するはずです」

「しかし、いつまでもここで待っているわけにはいかない」リオン・ウィングがいった。「われわれ自由商人の戦いは……」

「ああ、その戦いを重要視するのはやめて！」エイレーネが叫んだ。「自由商人がこれまでにどんな成果をあげたというの！　自由商人の船と乗員の半数を集めたところでなにもできっこないわ。それよりもいまは、イルナの命を救うことのほうが大事だわ！」

「そのとおり！」ヌリアが同意する。「船長、もしわたしがあなたの立場だったら、待つのはむだなので、あなたの恋人を見捨てましたなんて、恐くてアトランに報告できません」

「わたしは死も悪魔も恐れない！」リオン・ウィングがどなった。

「恐いもの知らずのリオン殿」エシュクラル・ノグヒム・ドラグスが想像以上に冷たい声でいった。「本当に恐いものがないのなら、フェニックスでなにが起ころうとも、イルナをここで待つべきではないですか。彼女の意識は遅かれ早かれもどってくると、わたしは信じています。彼女の意識は肉体がある場所から千メートル以上はなれられません。それが彼女のペド能力の限界だからです」

「イルナの意識がもどってくるかどうかは、その意識がまだ〝健康な状態〟にあるかどうかにかかっている」カーシャム・タルが異議を唱えた。「考えてほしい。秘密基地、いや、パララクサムは今回の自爆で全壊したんだ」

「でも一年前も、全壊したように見えたのよ」ヌリアが皮肉をこめていう。「われわれはパララクサムを過小評価している。それは、自由商人やカンタロがいなくても存在しつづけられるほど精巧につくられた、なにかにちがいない」

「本当に全壊したかどうか確認しよう」ウィングが提案する。

「やめてください！」ヌリアが反対する。「船長はそれによってどんな力を目ざめさせることになるのか、まったくわかっていません。危険すぎます。眠れる獅子を起こしてはいけないと前にもいったはずです。あのときは、だれもいうことを聞いてくれませんでしたが……。その結果、われわれはいまジレンマにおちいっているのです」

「パララクサムは破滅したわけではありません」ドラグスが断言する。「破滅したのなら、イルナ嬢の意識は爆発の瞬間に肉体にもどっていたでしょう」

　そして、クレーターがある場所を指さすといった。

「イルナ嬢の意識はあの穴の下にあるか、べつの意識とともに旅をし、それとともにもどってくるかのどちらかでしょう。旅からもどってきたイルナ嬢が、われわれにどんなあらたな知識をもたらしてくれるのかはわかりません。もしかするとその知識を使えば、銀河系に突入し、そこで生きのびるだけでなく、敵に勝利する方法までわかるかもしれません」

「ベックリン殿、その敵とはいったい何者なんだ？」カーシャム・タルがおだやかな口調でたずねた。

「宇宙があるかぎりつねに存在する悪の勢力。しかし、勝利するのは、永久不滅の善の勢力」トクルント人のドラグスは厳《おごそ》かな口調で答えた。

あとがきにかえて

岡本朋子

本書、〈宇宙英雄ローダン〉シリーズ七一七巻のゲラ刷りの修正中に、初歩中の初歩のミスをしていたことに気づいた。本書収録の二話目の最初に、コヴァル・インガードが惑星フェニックスの夜空に浮かぶ「衛星」に向かって吠えるシーンがある。そこの文章を「月に向かって吠える」と訳していたのだ。ご存知のとおり、「月」とは地球の衛星のこと。それ以外の惑星、準惑星、小惑星を公転する星は「衛星」と呼ばれる。よってここでは「衛星に向かって吠える」が正しい訳なのだ。

〈ローダン〉シリーズの翻訳を開始する前に編集部の方から注意事項をいただき、そこにもドイツ語のMondには月と衛星のふたつの意味があるため注意するようにと指摘されていた。注意事項を読んだときは「こんな初歩的なまちがいなんてしない」と思ったが、実際にやってしまったのだ。

月はこの宇宙にひとつしか存在しない。われわれ日本人は地球の衛星だけを月と呼ぶ。いっぽう、ドイツ語のMondや英語のmoonは月と衛星の両方を意味する。私がそれを知ったのは小学生のころ。英会話教室で使っていた教科書のなかに次のような文章を見つけたからだ。

Jupiter has 48 moons.（木星には月が四十八個ある）

それを読んだ幼い私は驚愕した。月はこの世にたったひとつしかないと思っていたのに、この宇宙には多くの月があることを知ってショックを受けた。その後、moonには月と衛星のふたつの意味があり、地球以外の惑星を公転する星は衛星と訳すことを知ったのだが、あのときの衝撃はいまでも忘れない。英文を読んだわたしの脳裏に浮かんだのは、夜空に浮かぶ無数の月。そのとき思ったのだ。「そんなに月がたくさんあったら、私が大好きなお月さまが、どれかわからなくなってしまう！」と。

もしかすると、幼い私が感じたのと同じようなことを、日本の先人たちも考えたのかもしれない。ドイツ語や英語では月と衛星は同じ単語なのに、日本人は地球の衛星だけを「月」と呼び、それ以外の惑星のものにはあえて「衛星」という名をつけた。月に対する強い思い入れが、地球以外の惑星の衛星をも「月」と呼ぶことを、よしとしなかったのかもしれない。

日本には古くから月を「特別な」ものとして見る文化があった。万葉集や古今和歌集にも月を詠《よ》んだ歌が多数おさめられている。日本最古の物語である『竹取物語』のヒロイン、かぐや姫も月からやってきた。

また、日本では月を「愛《め》でる」文化も大切にされている。月見は平安時代に中国から日本の貴族社会に伝えられたといわれているが、いまでも全国で月見の行事がおこなわれているところを見ると、日本人の月への思慕が非常に強いことがわかる。

話は少しそれるが、先日、近隣のローズ・ガーデンのバラが満開だというので見にいった。甲子園球場並みに広い敷地内はバラでうめつくされ、その濃厚な香りに酔いしれていると、ふと『星の王子さま』（サン＝テグジュペリ著、河野万里子訳、新潮社、二〇〇六年）の話を思い出した。

小さな惑星にひとりで暮らしている星の王子さまは、そこに咲くたった一本のバラを大事に育てていた。けれどもバラはわがままで、王子さまを困らせてばかり。心を痛めた王子さまは宇宙へ旅に出る。さまざまな惑星を経由して地球に着陸すると、五千本のバラが植えられた庭園を見つける。王子さまはショックを受けた。なぜなら、自分がこれまで大切に育ててきた「特別な」バラが、本当はどこにでもある平凡な花だと知ったからだ。

星の王子さまが受けたショックは、幼い私があの英文を読んで受けたショックと同じかもしれない。この世にたったひとつしか存在しないと思っていた「特別な」ものが、あまたある中のひとつにすぎないと知ったとき、愕然としたのだ。

けれども、星の王子さまはキツネと出会い、大切なことを学ぶ。キツネは王子さまに向かってこういう。

「きみのバラをかけがえのないものにしたのは、きみが、バラのために費やした時間だったんだ」（一〇八、一〇九頁）

つまり、あるものがある人にとって「特別な」ものになるのは、その形や見た目が珍しかったり、美しかったりするからではなく、その人がそのものに多くの時間を費やしたからなのだ。

千年以上、月を愛で、その美しさを語りつたえてきた日本人は、「月」という名を乱用、せずに、固有名詞として守りとおした。もちろん、月の物理的な機能はほかの衛星と変わりないかもしれない。けれども、日本人が月を「愛でる」ことに費やした莫大な時間は「かけがえのない」ものなのだ。その時間が月を「特別な」ものにしたのだろう。月に対する「特別な」思いは、私たち日本人のDNAに刻みこまれているのかもしれない。そう考えると、私が「月に向かって吠える」と書いてしまったのは、ある種、本能的なものだともいえる。身体の中のＤＮＡが「衛星に向かって吠える」という表現を拒否したのかもしれない。

本書の翻訳にあたり、早川書房と翻訳会社リベルのみなさんに多大なご尽力をいただいた。この場をおかりして、心から感謝の気持ちをお伝えしたい。

アポロ18号の殺人（上・下）

THE APOLLO MURDERS

クリス・ハドフィールド
中原尚哉訳

一九七三年、米ソ冷戦下に軍事目的で実現した最後の月面着陸ミッション、アポロ18号。打ち上げ直前の事故によるクルー変更にもかかわらず、予定どおり月へ向かったが、その船内には破壊工作の容疑者がいた⁉　架空のアポロ18号を題材にして宇宙飛行士の著者が描いた、迫真の改変歴史ＳＦスリラー。解説／中村融

ハヤカワ文庫

ミッキー7

MICKEY7

エドワード・アシュトン
大谷真弓訳

使い捨て人間《エクスペンダブル》——それがミッキーの役割だ。氷の惑星でのコロニー建設ミッションにおいて危険な任務を担当し、死ぬたびに過去の記憶を受け継ぎ新しい肉体に生まれ変わる。だがある任務から命からがら帰還すると次のミッキーが出現していて……!?　極限状況下でのミッキーの奮闘を描くSFエンタメ！　解説／堺三保

ハヤカワ文庫

訳者略歴　大阪外国語大学外国語学部地域文化学科卒，ドイツ語翻訳家　訳書『クロノパルス壁の飛び地』フランシス＆シェール，『樹木が地球を守っている』ヴォールレーベン（以上早川書房刊）他多数

HM=Hayakawa Mystery
SF=Science Fiction
JA=Japanese Author
NV=Novel
NF=Nonfiction
FT=Fantasy

宇宙英雄ローダン・シリーズ〈717〉

バリアの破《は》壊者《かいしや》

〈SF2452〉

二〇二四年七月二十日　印刷
二〇二四年七月二十五日　発行
（定価はカバーに表示してあります）

著者　クルト・マール　H・G・エーヴェルス
訳者　岡《おか》本《もと》朋《とも》子《こ》
発行者　早川　浩
発行所　株式会社　早川書房
郵便番号　一〇一‐〇〇四六
東京都千代田区神田多町二ノ二
電話　〇三‐三二五二‐三一一一
振替　〇〇一六〇‐三‐四七七九九
https://www.hayakawa-online.co.jp

乱丁・落丁本は小社制作部宛お送り下さい。
送料小社負担にてお取りかえいたします。

印刷・信毎書籍印刷株式会社　製本・株式会社明光社
Printed and bound in Japan
ISBN978-4-15-012452-6 C0197